수호지 2

水 滸 志

기획 · 진행 | 엄하나
지은이 | 시내암
편저 | 태선여
옮긴이 | 나은진
디자인 | 엄하나
표지 디자인 | 김형진
영업마케팅 | 혜지원 영업팀
ISBN | 89-8379-347-3
ISBN | 89-8379-345-7 (세트)
출판 등록 | 제 9-295호
정가 | 8,500원

사실화로 보는
수호지 2

초판 인쇄일 | 2004년 4월 21일
초판 발행일 | 2004년 4월 28일
발행인 | 박정모
발행처 | 도서출판 혜지원
주소 | 서울시 동대문구 장안1동 420-3호
전화 | 영업부 02)2212-1227, 2213-1227 / 편집부 02)2249-7975
팩스 | 02)2247-1227
홈페이지 | http://www.hyejiwon.co.kr
e-mail | hyejiwon@hyejiwon.co.kr
담당자 e-mail | vinouno@hyejiwon.co.kr

수호지 2

水滸志

머리말

　1권에서 오용의 지혜로 생일 선물을 가로채고, 그의 계략은 대성공을 거두었을 뿐만 아니라 그 일로 인하여 양지가 이룡산으로 가고 도중에 노지심을 만나 훗날 두 사람이 함께 이룡산의 주인이 됩니다. 또한 곤경에 빠질 뻔한 조개가 송강의 도움으로 무사히 양산박으로 피신하였습니다. 임충은 속이 좁고 아무런 재능이 없는 왕륜의 견제를 더 이상 참을 수가 없어 그를 죽이고 양산박의 호걸들과 함께 조개를 양산박의 새로운 주인으로 추대했습니다.

　1권에 이어 2권에서는 송강이 화를 이기지 못하고 염파석을 죽이게 되어 결국 관직을 잃고 사형수를 가두는 감옥에 들어가게 됩니다. 그러나 주동의 도움으로 곤경에서 빠져나옵니다.

그 후 소선풍 시진의 저택에 도착한 송강은 호랑이를 맨 주먹으로 때려잡은 영웅 무송을 만나 깊은 우정을 쌓아 나갑니다.

이 이야기 속에는 무송이 '세 사발을 마시면 고개를 넘지 못한다'고 하는 말을 무시하고 고개를 넘다가 용감하게 호랑이는 때려잡은 과정이 생생하게 묘사되어 있습니다. 그러나 호랑이를 때려잡은 기쁨보다 반금련이 자신의 친형인 무대랑을 독살한 슬픔이 더욱 컸습니다. 그는 형의 복수를 위해 반금련을 죽이게 됩니다.

그 후 무송은 한동안 시은의 쾌활림에서 즐거운 생활을 하게 됩니다. 그러나 불량배 장문신이 나타났고, 원칙을 무시하고 억지를 부리는 사

람을 제일 싫어했던 무송은 그를 때리고 시은에게 주점을
되찾아 줍니다.

　2권에서는 호보의 송강, 완씨 삼형제, 행자 무송, 금안표 시은 등과
각지에서 많은 영웅들이 끊임없이 등장하여 내용이 더욱 긴박하고
재미있어집니다.

　어린이 여러분, 지금부터 흥미진진한 이야기들을 재미있게 감상해 보
세요!

차 례

등장 인물

호보의 송강

탁탑천왕 조개

구문룡 사진

행자 무송

화화상 노지심

청면수 양지

소선풍 시진

표자두 임충

반명삼랑 석수

옥기린 노준의

쌍편 호연작

흑선풍 이규

12

송강, 염파석을 죽이다

며칠 후 오용은 유당에게 사례의 선물을 가지고 운성현에 다녀 오라 하였다.

어느 날 밤, 송강이 현청을 나오는데 한 사내가 허리에 칼을 차고 등에는 커다란 보따리를 멘 채, 연신 숨을 헐떡이며 현청 앞을 기웃거리고 있는 게 보였다. 송강이 그를 보니 어디선가 본 듯한 얼굴이었지만 그가 누구인지 떠오르지 않았고, 사내 역시 송강을 보고 걸음을 멈춘 채 그를 빤히 쳐다보면서도 감히 다가가 말을 건네지 못하였다.

잠시 후 사내는 현청 맞은편에 있는 찻집으로 들어가 그 집 일꾼에게 물어본 후 재빨리 달려나와 송강의 앞을 막으며 인사를 한 다음 말하였다.

"송압사님 저를 모르시겠습니까?"

"글쎄, 어디서 만난 적이 있는 것 같은데……."

"조용한 곳으로 가서 말씀드리겠습니다."

그들 두 사람은 손님이 별로 없는 주점으로 들어가 구석진 자리를 찾아 앉았다.

사내가 가져온 보따리를 내려놓고 송강에게 넙죽 절을 하자, 송강은 황급히 답례를 하며 말하였다.

"이러지 마시오! 헌데 뉘신지요?"

"은공, 저를 모르시겠습니까? 조보정 댁에서 어르신의 도움으로 목숨을 건진 유당입니다. 우리는 지금 양산박에 자리를 잡았습니다."

송강은 그의 말을 듣고 깜짝 놀라며 말하였다.

"아우님, 어찌하려고 이곳까지 왔는가! 다행이 다른 수비병에게 발각되지 않았으니 망정이지 큰일이 날 뻔했네. 조보정께서는 요즘 어찌 지내시는가?"

"보정 형님은 양산박의 큰 두령이 되셨고, 오학구께서는 그곳의 군사가 되셨고, 공손 선생은 병권을 맡고 계십니다. 그리고 그 아래로는 임교두 등 여덟 명의 형제가 더 있으니 모두 열한 명의 두령이 있습니다. 요즈음 산채에는 양식도 풍족하고 사람도 많이 늘어서 나날이 번창하고 있습니다. 조보정께서는 줄곧 어르신과 주도두의 은혜를 잊지 못하고 계신 터라 직접 저를 보내 황금 백 냥을 선물로 드리라고 하셨습니다."

유당은 말하며 보따리를 풀어 먼저 조개의 편지를 송강에게 건네주고, 황금을 탁자 위에 놓았다.

송강은 편지를 다 읽고 탁자 위에 놓인 많은 금은 중 하나만 골라 조개의 편지와 함께 허리춤에 넣고 읽던 문서는 주머니에 넣으며 말하였다.

작은 자료실

학구(學究) : 본래는 과거시험의 과목 명칭이었으나 유생을 일컫는 말로 널리 사용되었습니다.

"아우님, 빨리 이 황금들을 가지고 돌아가게나! 많은 형제들이 산채에서 생활하려면 돈 쓸 일이 많을 걸세. 나는 아직 먹고 사는데 걱정이 없으니 훗날 도움이 필요하면 산채로 얻으러 가겠네. 그리고 주동 역시 형편이 괜찮으니 걱정하지 말게나. 내가 대신 형님의 마음을 전해주겠네. 그러니 날이 밝기 전에 빨리 산채로 돌아가게! 그리고 여러 두령께 안부 좀 전해 주게나!"

그러자 유당은 난감해하며 말하였다.

"압사님의 큰 은혜에 보답하고자 제가 이렇게 명을 받고 찾아왔는데 받지 않으신다면 제가 돌아가 큰 형님의 얼굴을 어찌 뵙겠습니까?"

"그렇다면 내가 편지를 한 장 써 주겠으니 돌아가 전하게."

송강은 주점 주인에게 붓과 벼루를 빌려 조개에게 답장을 써서 유당에게 주었다.

유당은 송강이 완강히 거절하자 할 수 없이 가져갔던 황금 보따리를 다시 챙겨 등에 메고 송강에게 작별인사를 하였다.

"압사님께서 답신을 써 주셨으니 지금 즉시 양산박으로 돌아가겠습니다."

송강은 술값을 내고 유당과 함께 주점을 나왔다. 골목을 나와 송강은 유당의 손을 꼭 잡으며 말하였다.

"몸조심하게! 이곳에는 관리들이 많으니 우리는 그만 여기서 헤어지

세나!"

"그럼 전 이만 가보겠습니다!"

유당은 작별 인사를 한 후 밤을 틈타 양산박으로 돌아갔다.

송강은 유당을 배웅한 후 걸어서 집으로 돌아가던 중 갑자기 등뒤에서

누군가 그를 불렀다.

"압사! 어디 가시오? 한참 동안 뵙지 못했지요?"

송강이 뒤를 돌아보니 그는 다름 아닌 염(閻)씨 노파였다.

염씨 노파는 본래 동경 사람으로 파석(婆惜)이란 딸이 있다. 그들 세 식구는 산동(山東)에 살고 있는 친척집에 의탁하려고 가던 중 친척집이 이미 다른 곳으로 이사한 사실을 알고 이곳 저곳 떠돌다 운성현에 들어와 살게 되었다. 그 후 그녀의 남편인 염공이 모진 병을 얻어 세상을 떠나자 염씨 노파는 장례를 치르려 하였으나 돈이 없어 쩔쩔매던 중 다행히 송강을 만나 그의 도움으로 무사히 장례를 치를 수 있었다. 송강의 됨됨이가 강직하고 호탕한 것을 본 염씨 노파는 그날부터 매파를 보내 문턱이 닳도록 송강을 찾아와 염씨 노파의 딸인 염파석을 아내로 받아 달라 청하였다. 큰일이 날 것처럼 완강이 거절하던 송강은 염씨의 거듭되는 권유를 뿌리치지 못하고 승낙하였다.

그리하여 송강은 성안에 집을 한 채 얻어 염파석 모녀가 지낼 수 있게 해주었다. 그러나 염파석이 장문원(張文遠)이란 압사와 눈이 맞을 것이라고는 생각지도 못하였다. 장문원은 송강과 동료로 간사하고 교활하여 사람들은 그를 소장삼(小張三)이라 불렀다.

옛날 남녀의 혼인은 부모의 영을 따랐습니다. 송강 역시 보통 사람이라 염파석이 자신의 부모가 정해준 배필도 아니고 게다가 그녀가 다른 사람과 사랑하자 송강은 그녀의 뜻을 존중하여 그녀를 외면한 것입니다.

송강은 그 일을 알고 계속 몇 달간 몸이 아프다거나 일이 바쁘다는 핑계로 염파석의 집에 발길을 끊었다.

그런데 그날 밤 염씨 노파와 그가 만난 것이다. 노파는 막무가내로 송강을 잡아끌었고, 송강은 노파의 청을 뿌리칠 수 없어 할 수 없이 그녀와 함께 오랜만에 염파석이 살고 있는 집으로 갔다.

송강은 노파에게 떠밀려 방으로 들어갔으나 파석의 마음은 오로지 장삼 생각으로 가득 차 송강이 왔는데도 그를 본 체도 하지 않고 얼굴을 돌리고 이불 속에 누워 일어나지 않았다. 하지만 노파가 밖에서 방문을 잠

그는 바람에 할 수 없이 침대 옆에 앉아 있던 송강은 밤이 늦도록 그녀가 여전히 꼼짝하지 않자 소문이 사실임을 확인하고 일단 잠이나 자두기로 마음먹었다.

그리하여 그는 외투를 벗어 옷걸이에 걸고 허리띠와 칼, 그리고 문서 주머니를 함께 침대 난간에 걸어 놓았다. 그는 신발과 양말을 벗은 후 염 파석 옆에 누워 잠을 청하였다.

기분이 몹시 상한 터라 밤새 잠을 이루지 못하고 뜬눈으로 지새운 송 강은 동틀 무렵이 되자 자리에서 일어나 냉수로 세수하고 옷을 입은 후 밖으로 나왔다.

염씨 노파는 그의 발자국 소리를 듣고 황급히 달려나와 물었다.

"이렇게 일찍 어딜 가는가? 아직 날도 밝지 않았다네!"

송강은 그녀를 외면한 채 곧장 시장으로 가서 차를 한 잔 사서 마시려 고 손을 뻗어 허리춤을 만지는 순간 깜짝 놀라지 않을 수 없었다. 방금 전 너무 급히 나오느라 문서 주머니를 잊은 것이었다. 송강은 가슴이 덜 컥 내려앉았다. 주머니 속에 있는 황금은 잃어버려도 괜찮지만 문제는 조개의 편지였다.

그는 황급히 염씨 노파의 집으로 달려갔다.

한편 파석은 송강이 돌아가자 침대에서 일어나 혼자서 중얼거리듯 말 하였다.

"송가 때문에 밤새 잠 한숨 못 잤네. 이제야 편안히 잠 좀 잘 수 있겠군."

염파석은 겉옷을 벗고 다시 자려는 순간 송강의 허리띠와 문서 주머니를 발견하였다. 그녀는 아무 생각도 없이 그것을 집어들었는데 생각보다 좀 무겁다는 느낌을 받아 주머니를 열어 보니 안에는 금덩이와 편지가 들어있었다.

염파석은 번쩍이는 노란 금덩이를 보고 매우 기뻐하며 편지를 펼쳐보았다. 그녀는 편지를 다 읽고 난 후 냉정하게 웃으며 생각하였다.

'좋아! 두레박만이 우물에 빠지는 줄 알았더니 우물이 두레박에 빠지는 경우도 있군 그래. 내가 어떻게 하나 두고 보라지.'

염파석은 재빨리 물건을 숨기고 침대에 누워 자는 척하였다.

송강은 그녀의 방으로 들어오자마자 침대 난간부터 살펴보았으나 물건은 그곳에 없었다. 그는 할 수 없이 화를 꾹 참으며 파석을 흔들어 깨웠다. 그러나 파석은 자는 척하며 아무런 반응도

작은 자료실

'두레박이 우물에 빠지다' 이 말은 우물에서 물을 퍼 올리기 위해서는 두레박을 빠뜨려야 한다는 지극히 정상적이라는 뜻입니다. 그러나 '우물이 두레박에 빠지다'란 말은 비정상적일 뿐만 아니라 있을 수도 없는 일입니다. 그러므로 염파석의 말은 전혀 생각지도 못한 송강의 행동을 비유하여 한 말입니다.

보이지 않았다. 송강이 다시 한 번 흔들어 깨우자 염파석은 화를 내며 소리쳤다.

"이제 막 잠이 들려는데 누가 깨우는 게야?"

"뻔히 난 줄 알면서 왜 자는 척을 하는 게냐? 빨리 내 문서 주머니를 내놓거라!"

염파석은 쌀쌀맞게 몸을 홱 돌리며 말하였다.

"참 이상한 일이군요! 당신이 언제 내게 물건을 맡겼다고 나더러 내놓으라는 것이오?"

"이 방에 너 밖에는 아무도 없는데 네 짓이 아니면 누구란 말이냐! 그리고 어젯밤 너는 분명 겉옷을 입고 있었는데 지금은 옷을 벗고 있으니 그 사이 네가 일어나 옷을 벗을 때 내 물건을 보고 감춘 것이 분명하지 않으냐! 어서 내놓지 못하겠느냐!"

송강은 속에서 부글거리는 화를 잘 참으며 말하였다. 그러나 염파석은

속담에 '아무리 주도면밀하여도 허점이 있기 마련이다'라는 말이 있습니다. 하물며 화가 머리끝까지 솟은 송강은 어떻겠어요?
우리는 이 사건을 통해 한 가지 교훈을 얻을 수 있을 것입니다. 화가 날 때는 우선 냉정을 되찾고, 그런 다음 어떻게 행동할 것인지 생각해야 합니다. 그래야만 후회할 일을 만들지 않습니다.

제 12 장 송강, 염파석을 죽이다

오히려 눈썹을 위로 치켜 뜨고 작은 눈을 동그랗게 뜨며 소리쳤다.

"물건은 내가 가져간 게 맞소. 하지만 난 못 내놓겠소! 용기가 있다면 나를 도둑으로 관아에 고발하시오!"

송강은 파석의 말에 몹시 당황하며 그녀에게 사정하듯 말하였다.

"알았네, 진정하고, 내가 이렇게 애원하니 전날 내가 당신 모녀를 돌봐 준 것을 보아서라도 물건을 내게 돌려주게나!"

"당신과 양산박의 도적떼들이 서로 내통한 편지가 내 손에 있으니 그

것을 돌려 받으려면 나의 세 가지 청을 들어주세요!"

"세 가지가 아니라 서른 가지도 내가 다 들어줄 터이니 빨리 말해 보게."

"첫째, 내게 장삼과 다시 결혼하는 것에 대해 아무런 이의를 달지 않겠다는 각서를 써 주세요!"

"그야 별일 아니니 그렇게 해주겠네."

송강은 쾌히 그녀의 요구를 들어주었다.

"둘째, 내가 입고 있는 옷이나 장신구, 그리고 집안에 있는 여러 가지 물건들은 비록 당신이 사준 것이지만 나와 헤어진 후에도 그것들을 팔아 버리지 않겠다는 각서를 써주세요!"

"문제없네. 내 그리하도록 하겠네."

송강은 호탕하게 웃으며 그녀에게 물었다.

"앞에서 말한 그 두 가지는 반드시 들어주겠네. 그럼 세 번째는 무엇인가?"

"좋아요. 세 번째라……, 세 번째는 양산박의 도적떼들이 당신에게 선물한 황금 백 냥을 내게 주세요. 그럼 당신에게 편지를 돌려주겠어요."

송강은 몹시 당황하며 전후 사정을 설명해 주었다.

"그 편지에는 비록 그들이 내게 황금 백 냥을 선물한다고 써있지만 나는 그것을 받지 않고 돌려보냈소. 만약 내가 받았다면 벌써 가져다 주었을 게요."

그러나 염파석은 그의 말을 믿지 않았다.

"고양이가 비린 생선을 마다하고, 염라대왕이 자기 앞에 있는 귀신을 놓치는 법이 있답니까! 지금 누굴 속이려 드는 거야? 이 편지가 황금 백 냥의 가치는 넘을 텐데?"

"내가 거짓말을 못한다는 것은 자네도 잘 알지 않은가. 만약 정 믿지 못하겠으면 나에게 삼 일간의 시간을 주게. 그럼 내가 가지고 있는 모든 재산을 정리하여 자네에게 황금 백 냥을 만들어 주겠네."

그러자 염파석은 그를 비웃으며 말하였다.

"참 잘도 꾸며대는군요. 내가 세 살배기 어린아이인 줄 아세요? 그 말을 믿게? 당신이 주머니와 편지를 가져가면 삼 일 후 내가 누구한테 가서 황금 백 냥을 받겠어요? 그러니 돈을 준비해서 오면 그때 편지를 넘기겠어요. 아니면 관아에서 만나든지……."

송강은 참을 만큼 참았으나 파석의 입에서 '관아' 란 두 글자가 나오자 그는 더 이상 참지 못하고 눈을 부릅뜨며 물었다.

"도대체 내놓겠다는 것이냐 안 내놓겠다는 것이냐?"

그러자 염파석은 그의 얼굴에 대고 소리쳤다.

"죽어도 못 내놓겠어요! 관아에 가서 돌려드리죠!"

그러자 송강은 그녀에게 달려가 덮고 있던 이불을 확 젖혔다. 이불 속에 숨겨놓았던 물건을 염파석은 두 팔로 가슴에 끌어 안았다. 이를 본 송

강은 양손을 뻗어 그것을 빼앗으려 하였고, 두 사람이 정신 없이 서로 밀고 당기는 사이 주머니에서 칼이 빠져 나왔다. 송강은 급한 나머지 칼을 집어 들었고, 염파석은 얼굴이 하얗게 질려 비명을 질러댔다.

"사람 살려! 누가 좀 도와주세요!"

그러나 그녀의 비명 소리는 송강을 더욱 화나게 만들었고, 송강은 왼손으로 염파석을 눌러 쓰러뜨린 후 그녀가 다시 비명을 지르려는 순간 단칼에 찔러 죽여버렸다. 잃어버린 주머니를 찾은 송강은 안에서 편지를 꺼내 등잔불에 태워 버리고 아래층으로 내려갔다. 아래층에 있는 염씨 노파는 위층에서 나는 소란스런 소리를 듣고 부부가 서로 말다툼을 하는 것이라 생각하고 신경을 쓰지 않았다. 그러나 방금 전 딸의 비명소리를 듣고서야 위층에 올라가 보려던 중 계단을 내려오는 송강과 마주쳤다. 그러자 노파가 물었다.

"대체 무슨 일로 그리 다투는 게요?"

생각해 보기

속담에 '사람은 다급하면 목을 매달고, 개는 다급하면 담을 넘는다'는 말이 있습니다. 어린이 여러분은 송강이 단지 편지 한 통을 돌려 받기 위해 염파석을 죽인 것을 보고 너무 과한 행동이라고 생각하죠? 그러나 사람이 매우 위급한 상황에 처하면 모든 일을 이성적으로 판단하고 처리할 수 있는 능력을 상실하게 되기 때문에 매사 조심하여야 합니다.

"파석이 하도 못되게 굴기에 그만 죽여 버렸소."

노파는 송강이 술에 취해 농담하는 것이라고 생각하였으나 위층에 올라가 보니 피가 흥건한 바닥에 쓰러져 있는 사람은 바로 자신의 딸인 파석이 틀림없었다.

"아이쿠! 내게 남은 것이라곤 딸 하나밖에 없는데 이제 누구를 의지하고 살아야 할꼬?"

노파는 울며 현청으로 달려가 송강이 자신의 딸을 살해한 사실을 고하였다.

그러나 현청에 있던 관원들은 모두 송강이 살인을 했다는 사실을 믿지 않았으나 단 한 사람 장문원만은 자신이 사랑하던 여인이 죽은 사실을 알고 즉시 고소장을 작성하여 지현에게 올렸다.

지현은 사람을 보내 현장을 조사하라 명하였고 그곳에서 송강의 칼이 발견되었다. 지현은 평상시 송강과 아주 친하게 지내던 사이라 그의 죄를 덮어주고 싶었지만 증거가 확실하니 도울 방법이 없었다. 그는 주동과 뇌횡을 불러 송강의 집을 수색하여 그를 잡아들이라 명하였다.

주동과 뇌횡은 사십 명의 병사를 데리고 송강의 집으로 달려갔다. 그들은 송강의 아버지인 송태공에게 말하였다.

"어르신, 우리를 무례하다고 너무 나무라지 마십시오. 사실 송압사가 어젯밤 살인을 하여 지현 나으리께서 그를 잡아오라 하셨습니다. 서로 난처한 일이 생기지 않도록 송강을 내어 주십시오!"

"우선 두 분 도두께서는 내 말을 들어보시오. 삼 년 전 불효자 송강이 현청에 나가 관원이 되겠다고 고집하여 이 늙은이는 전임 지현께 찾아가 그의 불효를 고하고 호적에서 이름을 지워버렸소. 이 공문이 바로 그 증거요. 허니 송강의 일거수 일투족은 모두 이 늙은이와는 무관한 일이오. 게다가 우리는 이미 오래 전부터 송강과 왕래하지 않았고, 그는 한참 동안 집에 찾아 오지도 않았소."

"하지만 우리가 안으로 들어가 직접 수색을 해야겠습니다!"

주동은 뇌횡를 시켜 병사들을 이끌고 집의 안팎을 수색하라 하였다. 그러나 어디에서도 송강의 그림자조차 찾아볼 수가 없었다. 주동이 다시 말하였다.

"내가 직접 수색해야 확실히 믿을 수 있겠습니다!"

그러자 송태공이 말하였다.

"나는 법을 알고 지키는 사람이오. 내 어찌 감히 죄인을 숨겨 주겠소!"

주동은 혼자서 안으로 들어가 칼을 내려놓고 문을 살짝 걸어 잠근 다음 곧장 불당 안으로 들어갔다. 그는 제단을 치우고 제단 아래의 바닥을 들추니 토굴이 보였다. 주동이 토굴 입구에 있는 줄을 잡아당기자 방울

송강의 집은 농업을 가업으로 삼고 사는 집안이었습니다. 그런데 어찌하여 집안에 토굴이 있었을까요? 송나라 때의 관리들은 나라가 어지러웠으므로 위험한 상황이 많았습니다. 그리하여 일단 죄를 짓게 되면 처벌을 가볍게 받을 경우, 변방으로 유배되고, 처벌이 무거운 경우에는 가산을 몰수당하고 목숨도 부지하지 힘들었습니다. 그러므로 대부분 집안에 토굴을 만들어 일이 생기면 재빨리 숨어버렸죠. 그 외에도 부모가 연루되는 것을 막기 위해 일부러 부모로 하여금 불효를 고발하게 하여 가족들과 호적관계를 정리하면 관아에서 증명서를 발급하였습니다. 이 모든 것이 부모와 가족들을 보호하기 위한 것이었습니다.

소리가 들리더니 잠시 후 송강이 토굴에서 나왔다. 그는 주동을 보고 깜짝 놀라지 않을 수 없었다.

그러나 주동은 그에게 인사를 하며 말하였다.

"공명 형님, 너무 놀라지 마십시오. 형님께서 전에 저를 믿고 이곳 토굴에 관한 얘기를 해주신 기억이 나서 이렇게 찾아왔습니다."

송강은 토굴에서 나와 주동과 함께 탁자를 사이에 두고 마주 앉았다. 주동이 다시 말을 이었다.

"지현께서 저와 뇌도두에게 명하여 형님을 잡아 오라 하셨는데 형님께 드릴 말씀이 있어 사람들을 밖에 세워 두고 저만 안으로 들어왔습니다. 공명 형님, 이 토굴은 머지않아 발각될 것이니 오래 숨어있을 수 없을 것입니다."

"나도 알고 있소. 요 며칠 어디로 갈까 곰곰이 생각해 보았는데 모두 세 군데가 떠오르더군요. 첫 번째는 창주 횡해군 소선풍 시진의 집이고, 두 번째는 청주 청풍채 소이광(小李廣) 화영(花榮)이 있는 곳이고, 마지막은 백호산 공태공의 집이요. 하지만 아직 어디로 갈지 결정을 내리지 못하였소."

"아무튼 빨리 결정하십시오. 그리고 송사에 관한 일은 제게 맡겨주십시오!"

송강은 주동에게 고맙다는 인사를 한 후 다시 토굴 속으로 들어갔다.

주동은 모든 것을 원상태로 옮겨 놓은 다음 밖으로 나가 뇌횡에게 말하였다.

"송압사는 정말 이곳에 없는 것 같네. 그만 가세나!"

두 사람은 돌아와 지현에게 보고하고 호적을 분리한 공문을 증거로 제출하였다. 지현은 그들의 보고를 듣고 서둘러 사건을 주부에 보고하고 한편으로는 각 지방에 송강을 체포하라는 공문을 보냈다.

그날 밤 송강과 송강의 아우 송청, 아버지 송태공은 함께 앉아 송강의 거취에 관하여 상의하였다. 송태공은 송강을 걱정하며 말하였다.

"너희 형제가 함께 떠나거라! 집안 일은 걱정할 것 없다. 내가 다 알아서 처리하마. 하지만 어디로 갈 것인지 마음을 정하였느냐?"

"창주 시대인에게 갈 생각입니다. 그는 천하의 호걸들과 사귀는 것을 좋아하는 분이시라 마치 현세의 맹상군(孟嘗君 : 전국 시대 사공자 중 한 명으로 인재를 발탁하여 키우는 것을 좋아하였음) 같습니다. 아직 그를 한 번도 만난 적은 없지만 이미 서신 왕래를 하던 터라 그곳으로 정하였습니다."

그러자 송태공은 곧 먼 길을 떠날 아들들에게 여러 가지 당부를 하였다.

"항상 조심하고 그곳에 도착하면 편지를 다오."

송강과 송청은 송태공에게 큰절을 하고 길을 나섰다. 그들은 여러 날을 걸어 시진의 집에 도착하였다. 송강은 문을 지키고 있는 하인에게 다가가 물었다.

"시대인께서는 안에 계시느냐?"

"두 분은 뉘신지요?"

“나는 운성현의 송강이라는 사람이다.”

“그럼 급시우 송압사님이란 말씀이십니까?”

“그렇다.”

“소인은 송압사님의 대명을 오래 전부터 들어 알고 있었습니다. 두 분은 잠시 기다리십시오. 소인이 빨리 들어가 대인께 고하겠습니다.”

잠시 후 시진이 여러 하인들과 함께 달려나와 송강을 반갑게 맞아주며 그의 앞에 무릎을 꿇고 말하였다.

“오늘 무슨 바람이 불어 송압사님을 여기까지 오시게 했는지 모르겠지만 너무 기뻐서 몸 가눌 바를 모르겠습니다.”

그러자 송강 역시 바닥에 무릎을 꿇고 절하며 말하였다.

“이 보잘것없는 작은 관리 송강이 오늘 시대인에게 신세를 지려고 찾아왔습니다.”

시진이 송강을 일으키며 말하였다.

“어젯밤에는 촛불이 웃고, 오늘 아침에는 까치가 울어 좋은 일이 있으려니 생각했더니 뜻밖에도 이런 귀한 손님이 찾아주셨군요!”

송강은 시진이 자신을 매우 다정하게 맞아주자 송청을 불러 시진에게 인사를 올리라고 하였다. 시진이 말하였다.

“제가 먼저 기회를 봐서 찾아 뵈려하였는데 늘 바쁘신 분께서 어찌 짬을 내어 저희 집을 찾아주신 겁니까?”

그러자 송강은 한숨을 내쉬며 말하였다.

"솔직히 말씀드리죠. 제가 얼마 전 큰 죄를 짓고 갈 곳이 없어 시대인 께 신세를 좀 지려고 아우와 함께 찾아오게 되었습니다."

송강은 염파석을 죽이게 된 일을 자세히 말해 주었다. 그의 이야기를 듣고 난 시진이 말하였다.

"너무 걱정하지 마시고 이곳에 편히 계십시오. 설사 포두나 관군이 온 다 할지라도 제멋대로 이곳에 들어오지 못할 것입니다."

잠시 후 시진은 하인들에게 두 사람의 옷과 두건을 준비하라 이른 다 음 더운 물로 목욕부터 하게 하고 새 옷으로 갈아 입힌 후 후원에 상을 차려 대접하였다. 그들은 초경이 될 무렵까지 술을 마셨다. 송강은 이미 약간 취기가 올랐고 더 이상 마시고 싶지 않아 자리에서 일어나 손을 씻 으러 갔다.

송강은 앞쪽 회랑을 돌아 천천히 동쪽 회랑으로 걸어갔다. 회랑 끝에 서 어떤 한 사내가 불을 피워 몸을 쬐고 있었다. 앞만 주시하고 걷던 송 강이 실수로 부삽을 밟아 빨갛게 피어 오른 숯덩어리가 튀어 사내의 얼 굴이 데일 뻔하였다. 사내는 갑자기 일어난 일에 너무나 놀라 벌떡 일어 서며 화를 냈다.

"넌 누구야? 감히 나를 우롱하는 것이냐?"

송강 역시 깜짝 놀란 터라 정신이 없었다. 그때 불을 밝혀 들고 그의

36

뒤를 따르던 하인이 달려와 소리쳤다.

"이 무슨 무례한 짓이오? 이분은 저희 대인께서 가장 존경하는 손님이시오!"

"손님?"

사내는 냉정한 말투로 다시 말을 이었다.

"내가 이곳에 처음 왔을 때도 존경받는 손님이었지, 하지만 대인께선 하인들의 말만 듣고 나를 냉대하셨어……."

그는 자신의 신세를 비관하며 주먹을 들어 송강을 치려하자, 하인은 등불을 내려놓고 사내를 붙들며 말렸다. 그때 시진이 몇 명의 하인들과 함께 송강이 있는 곳으로 걸어왔다.

"한참을 기다렸는데 압사께서 여기 계셨군요!"

하인은 송강이 실수로 부삽을 밟은 일을 말하였다. 그러자 시진이 웃으며 물었다.

"지금 이 앞에 계신 분이 그 유명한 압사신 줄 몰랐소?"

작은 자료실

속담에 '사람은 백 일 동안 계속 좋을 수 없고, 꽃은 천 일 동안 계속 붉게 필 수 없다' 하였습니다. 이 말은 어느 누구도 평생을 순탄하고 편안하게 살 수 없다는 뜻입니다. 그러므로 항상 자신을 경계하며 뜻을 이루었을 때에는 교만하지 말고, 뜻을 이루지 못했다고 해서 너무 절망할 것 없습니다. 무송의 이야기가 제일 좋은 예가 될 것입니다.

13

경양강에서 무송이
호랑이를 때려잡다

사내가 대답하였다.

"유명하다고 말씀하셨습니까? 그렇다고 해서 설마 운성현의 송압사보다 더 유명하겠습니까? 저는 비록 그분을 뵙지는 못했지만 그분이야말로 사람의 정리와 의리를 가장 중하게 여기는 호걸이라 들었습니다. 내 병이 나으면 그분을 찾아갈 것입니다."

시진은 큰 소리로 웃으며 송강을 가리키고 말하였다.

"등잔 밑이 어둡다 하더니 이분이 바로 자네가 그토록 존경하는 급시우 송공명이시네!"

"정말 송압사 어르신이란 말씀입니까?"

사내는 반신반의하며 송강에게 물었다. 그러자 송강은 고개를 끄덕이며 대답하였다.

제 13 장 경양강에서 무송이 호랑이를 때려잡다

"이 사람이 바로 송강입니다."

그의 말에 사내는 즉시 자리에 넙죽 엎드리며 절을 올렸다.

"죄송합니다. 여기서 이토록 귀한 분을 만나 뵙게 될 줄 몰랐습니다!"

송강은 황망히 그를 일으켰다.

"그런데 성함이 어찌 되시오?"

그러자 시진이 대신 나서며 말하였다.

"이분은 청하현(淸河縣)에서 오신 분인데 성은 무(武)이고 이름은 송(松)입니다. 저희 집에 머문 지가 일 년이 되었지요."

"전부터 그 이름을 익히 들어 알고 있었습니다. 오늘 이곳에서 뵙게 되다니 정말 뜻밖입니다."

송강은 매우 기뻐하였다. 그는 무송을 청하여 함께 후당으로 들어가 술을 마시며 이야기를 나누었고, 또한 동생 송청을 소개시켜 주었다.

송강은 술을 마시며 무송에게 물었다.

"어찌하여 이곳에 머물게 되었습니까?"

무송이 처음 시진의 집에 왔을 때 시진은 그에게 매우 친절히 대해 주었습니다. 그러나 어느 날 무송은 술에 취해 하인들은 때렸고, 하인은 시진 앞에서 무송을 모함하고 이간질하였습니다. 시간이 흐르면서 시진도 무송의 성격이 나쁘다는 것을 알았고 점점 그를 냉대하였습니다.

"제가 청하현에서 술에 취해 기밀방을 지키는 자와 다툼이 벌어져 그만 실수로 그를 때려죽이고 말았습니다. 그래서 대인 댁으로 도망을 와서 몸을 숨기고 있었는데 이게 벌써 일 년이 다 되었습니다. 이제 그만 고향으로 돌아가려던 차에 갑자기 학질에 걸려 꼼짝도 못하고 있습니다. 아까는 몸이 너무 떨리고 추워서 불을 쬐고 있었는데 압사님께서 부삽을 밟으실 줄 누가 알았겠습니까? 너무 놀란 나머지 온몸에서 식은땀을 쭉 흘렸으니 어쩌면 병이 다 나았을 것입니다!"

송강은 그의 말을 듣고 큰 소리로 웃었다. 그날 밤 그들은 삼경(밤 11시

부터 다음날 오전 1시)이 지나서야 각자의 방으로 돌아갔다.

며칠 후 송강은 무송에게 새 옷을 사주려고 하였으나 시진이 이미 하인에게 분부하여 비단으로 옷을 지어 그들에게 주었다.

송강과 함께 지내다 보니 무송의 나쁜 성격도 점차 개선되어 시진도 그를 다시 존중하게 되었기 때문이다.

그로부터 십여 일이 지나자 무송의 병도 완전히 나았고 그는 자신의 형을 만나러 청하현으로 돌아가려고 하였다.

시진과 송강이 그에게 며칠 더 묵었다 가라고 권하자 무송도 몹시 아쉬워하며 말하였다.

"형님께 오랫동안 연락도 못 드렸고, 지금이라도 빨리 돌아가 형을 만나봐야 할 것 같습니다."

"꼭 가셔야 한다면 더 이상 잡지 않겠습니다. 하지만 시간이 되면 꼭 다시 만납시다."

무송은 송강에게 고맙다는 인사를 하였다. 잠시 후 시진은 은자를 가져와 여비로 쓰라며 무송에게 주었고, 무송은 두 손을 모아 감사를 표한 후 떠나려 하였다.

"잠깐 기다리십시오! 저희 형제가 배웅하겠습니다.!

송강은 막 떠나려던 무송을 불러 세우고 안으로 들어가 은자를 가지고 나왔다. 세 사람이 천천히 길을 걸으며 이야기를 나누다 보니 어느새 벌

써 인근에 있는 한 작은 마을에 도착하였다. 무송은 걸음을 멈추고 송강의 손을 꼭 잡으며 말하였다.

"이제 그만 됐습니다. 압사님께서는 돌아가십시오! 제가 나중에 꼭 한 번 찾아뵙겠습니다."

그러자 송강은 앞에 있는 주점을 가리키며 말하였다.

"그럼 우리 저 술집에 가서 술이나 한잔 한 후 헤어집시다!"

세 사람은 주점으로 들어가 술과 음식을 주문하고 자리에 앉아 술을 마셨다. 어느새 날이 점점 저물었다.

무송은 자리에서 일어나 송강에게 술을 올리며 말하였다.

"날이 이미 저물었음에도 불구하고 저에게 깊은 애정과 의로써 대해주시니 저는 압사님께 사배(四拜)를 올린 후 앞으로는 제가 의형으로 모시겠습니다!"

무송은 그 즉시 바닥에 무릎을 꿇고 송강에게 사배를 올렸다.

배(拜) : 오랫동안 무릎을 꿇고 있거나 두 손을 모으고 허리를 굽히며 고개를 숙이는 동작을 배라 합니다. 즉 우리나라의 큰절과 같은 의미입니다. 큰절을 할 때는 머리가 바닥에 닿을 정도로 고개를 숙이고 그 상태로 잠시 정지했다 일어납니다. 고대에는 일반적으로 재배, 즉 두 번 절하는 것으로 예를 표하였으나 특별한 경우 삼배를 올렸습니다. '삼'에는 '많다'란 의미가 있으므로 사실 사배까지는 필요가 없습니다.

송강은 무송을 일으키며 은자 열 냥을 꺼내 그에게 주었다.

"아우님, 이 돈은 노자에 보태 쓰시오. 만약 이것을 거절한다면 의제로 받아들이지 않을 것이오!"

무송은 돈을 받지 않을 수 없었다. 잠시 후 세 사람은 함께 주점을 나왔다. 무송은 눈물을 머금으며 송강에게 작별 인사를 하였다. 송강과 송청은 무송이 눈에 보이지 않을 때까지 자리를 뜨지 않았다.

송강과 송청이 시진의 집으로 돌아가던 중 시진을 만났다. 시진은 늦도록 송강 형제가 돌아오지 않자 말을 타고 마중을 나왔던 것이었다. 송강과 송청은 시진이 가져온 두 필의 말에 각각 올라타고 함께 시진의 집으로 돌아갔다.

한편 무송은 며칠을 걸어 양곡현(陽穀縣)에 도착하였다.

때는 이미 한낮이라 피곤하고 배가 고팠던 무송은 쉴 곳을 찾아 두리

번거렸다. 마침 그때 눈앞에 한 주점이 보였고, 주점 앞에 '세 사발이면 고개를 넘지 못함' 이란 글이 쓰여진 깃발이 꽂혀 있었다.

무송은 안으로 들어가 호신용 막대기를 옆에 놓고 주인을 불렀다.

"주인장! 술 좀 주시오!"

주인은 사발 세 개와 젓가락 한 쌍 그리고 나물 한 접시를 무송 앞에 내려놓고 사발에 술을 가득 따라 주었다. 무송은 단숨에 술 한 사발을 비우고 말하였다.

"술맛 참 좋다! 여기 안주할 만한 고기 좀 주시오!"

주인은 소고기 두 근을 썰어 무송 앞에 놓으며 다시 술 한 사발을 따라 주었다. 무송은 또 다시 단숨에 비워버리며 말하였다.

"정말 술맛 한번 좋다!"

주인은 다시 한 사발 따라 주었다. 이번에도 무송은 한숨에 비워버렸다. 그러나 주인은 더 이상 술을 따라주지 않았다. 그러자 무송은 지팡이를 '쿵쿵' 치며 주인을 불렀다.

"주인장! 빨리 술을 더 주시오!"

"손님! 고기를 원하신다면 더 드릴 수는 있으나 술은 더 드릴 수 없습니다."

"왜 내게 술을 팔지 않겠다는 것이오?"

무송이 화를 내며 묻자 주인이 말하였다.

"손님, 들어오시는 길에 문 앞에 꽂혀있는 깃발에 쓰인 글을 보지 못하셨습니까?"

"대체 '세 사발이면 고개를 넘지 못한다'는 말이 무슨 말이오?"

"제가 파는 술은 비록 시골 술이지만 전통적인 맛은 그 어떤 명주와 비교하여도 손색이 없고 세 사발만 마시면 취하지 않는 이가 없으니 어찌 앞 산 고개를 넘겠습니까? 그러니 '세 사발이면 고개를 넘지 못한다'는 말이죠."

무송은 그의 말을 듣고 비웃듯이 큰 소리로 웃었다.

"그렇군. 허나 나는 이미 세 사발을 마셨는데도 보시다시피 끄떡없지 않소?"

"사람들은 저희 집 술을 '투병향(透瓶香)' 또는 '출문도(出門倒)'라 합죠. 그 이유는 처음 입에 들어갈 때는 향기가 좋아 순한 것 같지만 잠시 후면 술이 올라 쓰러지고 말죠."

"난 믿지 못하겠소! 허니 내게 세 사발 더 주시오!"

주인은 정말 무송에게서 취한 기색을 찾아볼 수 없자 그에게 다시 세 사발을 따라주었다. 무송은 그 세 사발을 다 마셔버린 후 주인에게 외쳤다.

"여기 고기 두 근하고 술 세 사발 더 가져오시구려!"

주인은 할 수 없이 그의 말을 따를 수밖에 없었다. 무송은 또 다시 연

三
碗
不
過
岡
酒

달아 세 사발을 비운 다음 주머니에서 돈을 꺼내 주인에게 주었다.

"이거면 술값이 되겠소?"

"충분합니다. 오히려 제가 거슬러 드려야겠습니다!"

"거슬러 줄 필요 없소. 그 돈만큼 내게 술을 주시오!"

주인은 다시 술을 가져와 무송이 실컷 마실 수 있게 해주었다. 결국 무송은 모두 열여덟 사발이나 마셨다.

그는 그제야 호신용 막대기를 들고 떠날 준비를 하였다.

"거 보시오, 열여덟 사발이나 마셨는데도 끄떡없지 않소!"

주인은 무송이 밖으로 나가려 하자 황급히 달려나와 말하였다.

"손님, 가시려고요?"

"술값도 다 지불했는데 왜 나를 불러 세우는 게요?"

"손님이 걱정되어 드리는 말씀인데 저 경양강(景陽岡)이란 고개에 최근 호랑이가 출몰해 벌써 수십 명이 목숨을 잃었습니다. 관청에서도 그곳을 지나다니는 사람들에게 반드시 한낮에만 고개를 넘도록 하였고, 그것도 여럿이 모여야 고개를 넘을 수 있습니다. 금세 어두워질 것인데 손님 혼자 어찌 넘겠습니까?"

무송은 그의 말을 듣고 웃었다.

"나는 청하현 사람이오. 내 이제껏 경양강을 수도 없이 지나다녔지만 호랑이가 나온다는 말은 들어 본 적이 없소. 그런 말로 괜히 사람 겁주지

마시오."

"마음대로 하시오! 생각해서 일러줬더니 사람을 어찌 보는 게요!"

주인은 화를 내며 안으로 들어가 버렸다.

그리하여 무송은 막대기를 들고 빠른 걸음으로 경양강을 향해 걸었다. 대략 오 리 정도를 걸었을 무렵 큰 나무 한 그루가 보였다. 나무에는 누군가 껍질을 벗기고 그 위에 글을 새겨 놓았다.

무송은 앞으로 다가가 나무 위에 쓰여진 글을 읽었다.

「최근 경양강에는 호랑이가 출몰하여 사람을 해치니 이곳을 넘는 자는 반드시 한낮에 여럿이 모여 고개를 넘도록 하시오!」

글을 읽고 난 무송은 주점의 주인이 과객들의 발을 묶어 자신의 주점에 묵게 하여 돈을 벌려는 수작이라 생각하였다.

무송은 해가 곧 지려하자 걸음을 재촉하였다. 얼마쯤 가자 길가에 낡은 산신각이 보였다. 산신각 문에 방이 붙어 있어 가까이 다가가 보니 그 내용이 주점 주인이 한 말과 같았다.

무송은 그제야 경양강에 호랑이가 출몰한다는 말이 사실임을 알았다. 그러나 다시 돌아간다면 주점 주인이 자신을 비웃을 게

54

陽谷縣示

분명하였다. 그리하여 무송은 마음을 가다듬고 가던 길을 계속 가기로
하였다.

때는 시월이라 낮이 짧고 밤이 길어 금세 어두워졌다. 무송은 갑자기
취기가 오르면서 온몸이 타는 듯이 끓어올라 전립을 등 뒤로 넘기고 옷
고름을 풀어헤친 다음 찬바람을 쐬었다. 그는 비틀거리며 계속 길을 걷
다 앞에 큰 바위가 보이자 위로 올라가 드러누웠다.

무송이 눈을 감고 막 자려는 순간 갑자기 서늘한 바람이 무송을 스쳐
지나가더니 숲 속에서 눈꼬리를 치켜 뜨고 이마에 흰 점이 박힌 커다란
호랑이 한 마리가 뛰어나왔다.

무송은 깜짝 놀라 재빨리 바위 아래로 뛰어내리며 막대기를 들고 바위
옆에 숨었다. 굶주린 호랑이는 두 발을 땅에 대고 엎드리는 듯하더니 이
내 펄쩍 뛰어 몸을 날리며 무송을 덮쳤다. 무송은 호랑이 뒤쪽으로 몸을
피했다. 그는 사나운 호랑이의 공격을 받고 온몸에서 흘러내리는 식은땀
과 함께 아까 먹은 술이 다 깨는 듯 하였다.

호랑이는 무송이 자신의 뒤에 숨어있는 것을 알고 앞발에 중심을 두고
뒷발과 허리를 번쩍 들어 그를 차려고 하였다. 무송은 또 다시 몸을 획 돌
려 다른 쪽으로 피하였다. 호랑이는 이번에도 무송이 무사히 피하자 화가
난 듯 시뻘건 입을 벌리고 '어흥' 하며 크게 울었다. 호랑이의 울부짖는
소리는 마치 천둥소리와 같았고, 경양강 전체가 진동하는 듯하였다.

호랑이는 다시 쇠뭉치와 같은 꼬리를 번쩍 치켜세워 무송을 후려갈겼다. 이번에도 무송은 재빨리 몸을 날려 한쪽으로 피했다. 알고 보니 호랑이도 덮치고 차고 후려갈기는 것 외에는 별다른 재주가 없었다. 호랑이는 세 번의 공격이 모두 실패로 돌아가자 기세가 조금 꺾인 듯 하였으나 다시 몸을 홱 돌려 무송을 공격하려 하였다.

무송은 호랑이가 또 다시 자신을 덮치려고 하자 두 손으로 막대기를 집어들고 온몸의 힘을 모아 내리쳤다. 그러나 너무 다급한 나머지 호랑이가 아닌 옆에 있던 썩은 나무를 후려쳐 막대기가 두 동강이 나고 말았다.

예상치 못한 무송의 공격에 더욱 성이 난 호랑이는 포효하며 다시 무송을 덮쳤다. 무송은 황급히 뒤로 물러났으나 호랑이의 앞발이 그의 코앞에 내려앉았다.

무송은 그 틈을 놓치지 않고 두 손으로 호랑이의 머리 가죽을 움켜쥐고 힘껏 바닥으로 짓눌렀다. 호랑이가 발버둥을 치며 머리를 치켜들려고 하자 무송은 더욱 힘

무송이 호랑이를 때려잡은 이야기는 수호지에서 가장 재미있는 부분입니다. 하지만 이 일은 고대에 있었던 일이고 무송은 생사의 갈림길에서 반드시 호랑이를 죽여야만 하였습니다. 그러나 지금은 야행동물의 수가 점점 줄어들고 있고, 그토록 잔인하게 호랑이를 죽이는 행동은 허락되지 않습니다.

을 다해 호랑이의 머리를 누르고 발을 들어 호랑이의 면상을 걷어찼다.
호랑이는 아픔을 견디지 못하고 계속 으르렁대며 버둥거렸다. 그러나 무
송에게 꼼짝없이 잡혀버린 호랑이는 발만 허우적거릴 뿐 전혀 빠져 나오
지 못하였다. 순식간에 호랑이 발 밑에는 구덩이가 하나 생겼다.

무송은 즉시 그 구덩이에 호랑이의 입을 틀어막았고 호랑이의 힘이 점

점 빠지자 무송은 오른손 주먹을 들어 호랑이의 머리를 사정없이 후려쳤다. 대략 육칠십 대쯤 후려치자 호랑이는 피범벅이 된 채 숨만 간신히 붙어 있었다. 무송은 호랑이가 다시 기운을 차릴지도 모른다는 생각에 동강난 막대기를 집어들어 숨이 완전히 끊길 때까지 내려쳤다.

무송은 호랑이를 끌고 고개를 내려가려고 하였으나 이미 호랑이와 싸우며 모든 힘을 소진한 터라 꼼짝도 할 수 없었다.

무송은 다시 바위로 올라가 앉았다. 그러나 날은 이미 어두워졌고 만약 다른 호랑이가 나타난다면 당해낼 힘이 없었다. 그는 일단 집으로 돌아갔다가 내일 다시 와서 죽은 호랑이를 처리하기로 하였다.

그리하여 무송은 전립을 찾아 머리에 쓰고 숲을 지나 고개를 넘기 시작하였다.

그러나 고개를 넘던 중 숲 속에서 또 다시 두 마리의 호랑이가 나타났다. 그는 '이제 정말 꼼짝없이 죽었구나' 하고 생각하였다.

그러나 두 마리 호랑이는 어둠 속에서 머리를 치켜들며 벌떡 일어서는 것이었다. 무송이 이상하게 생각하여 자세히 살펴보니 그

양곡현의 지현은 사냥꾼들에게 호랑이를 잡으라고 명하였습니다. 그러나 사냥꾼들은 호랑이가 너무 무서워 근처에는 가지도 못하였고, 그들이 사용한 방법은 숲 속에 덫을 놓고 만약 호랑이가 덫을 밟으면 즉시 화살이 발사되도록 설치한 것이었습니다.

것은 호랑이의 가죽을 뒤집어 쓴 사람이었고, 창까지 들고 있었다.

그들도 무송을 보고 깜짝 놀랐다.

"당신은 무엇을 먹었기에 그리 겁이 없는 게요? 어떻게 감히 혼자서 그것도 무기도 하나 없이 고개를 넘을 생각을 하였소?"

"그런 당신들은 뉘시오? 여기서 뭘 하는 게요?"

"우리는 이 인근에 사는 사냥꾼인데 경양강에 호랑이가 나타나 사람을 해친다 하여 이곳 지현의 명으로 호랑이를 잡으러 왔소!"

"나는 청하현에 사는 무송이란 사람이요. 지금 당신들이 말한 그 호랑이는 방금 전 내가 저 고개 위에 있는 숲 속에서 이미 때려 죽였소."

그들은 무송의 말을 듣고 믿어지지 않는지 한참 동안 멍하니 서있더니 한 사냥꾼이 입을 열었다.

"그럴 수가? 농담하지 마쇼!"

"지금 내 말을 못 믿겠다는 게요? 그럼 내 옷에 묻은 이 피를 좀 보시오!"

무송은 자신의 옷을 내보이며 어떻게 호랑이를 때려잡게 되었는지 자세히 말해 주었다. 그러자 그들은 매우 기뻐하며 주위에 매복해 있던 십여 명의 사냥꾼들을 모두 불러 횃불을 들고 무송이 죽인 호랑이를 보러 갔다.

사람들은 고개 위에 올라 사나운 호랑이가 온몸에 피투성이가 된 채

꼼짝도 하지 않고 바닥에 누워있는 것을 보고 그제야 무송이 정말 호랑이를 때려잡은 것을 믿었다. 그들 중 한 사냥꾼이 먼저 산을 내려가 이장에게 이 사실을 알렸고, 나머지 사람들은 호랑이를 묶어 조심해서 산을 내려왔다.

그들이 산 아래 도착하니 마을 사람들은 벌써 소식을 듣고 아래에서 기다리고 있었다. 그들은 무송과 호랑이를 둘러싸고 함께 이장의 집으로 갔다. 이장은 마을 앞에 나와 그들을 맞아주었고, 사냥꾼들은 갖가지 맛있는 음식들을 준비하여 무송에게 대접하였다.

다음 날 이른 아침 무송은 깨끗이 씻고 단정한 모습으로 밖에 나와 사람들과 마주하였다. 이장은 우선 사람을 보내 지현께 보고하고, 긴 장대를 구해 호랑이를 매달아 현으로 가져갈 차비를 하였다. 마을 사람들은 모두 앞다투어 술과 고기를 들고 나와 무송을 대접하였고, 그에게 오색 띠와 꽃을 걸어주었다.

한 늙은 사냥꾼이 무송에게 술을 권하며 말하였다.

"다행히 장사께서 오셔서 우리 마을의 큰 골칫거리를 해결해 주셨으니 장사야말로 진정한 영웅호걸이라 할 것이오!"

"무슨 말씀을요. 모두 여러 어르신들의 복입니다!"

그리하여 사람들은 무송을 가마에 태우고 호랑이는 여러 명이 짊어지게 하여 징과 북을 치며 양곡현으로 갔다.

양곡현의 주민들은 한 호걸이 경양강의 사나운 호랑이를 때려잡았다
는 말을 듣고 모두 환호하며 밖으로 달려나왔다.

길가는 금세 사람들로 넘쳐 났고, 서로 앞을 다투며 호랑이를 구경하
였다.

현청 앞에 도착하니 무송이 호랑이를 때려 잡았다는 연락을 받은 지현
이 밖에 나와 그를 기다리고 있었다.

지현은 먼저 무송에게 그의 고향과 이름을 물은 후 호랑이를 어떻게
잡았는지 물었다. 무송은 호랑이와 격투를 벌인 이야기며 호랑이를 때려
죽인 이야기 등 하나도 빠짐없이 자세히 말해 주었다.

자리에 있던 사람들은 모두 무송의 말을 듣고 그를 칭찬하고 그의 용
기에 감탄하였다. 지현은 무송에게 술을 여러 잔 권한 후 상금으로 천 관
을 주었다. 그러자 무송은 상금을 사양하며 말하였다.

"소인은 그저 요행으로 호랑이를 잡은 것인데 어찌 상금을 받겠습니
까? 이 상금은 사냥꾼들에게 나누어 주는 것이 옳다고 생각됩니다!"

지현은 그의 청을 들어주었다. 지현은 무송이 용기와 힘이 뛰어날 뿐
만 아니라 인덕까지 갖춘 것을 보고 크게 마음에 들어 양곡현에 남아 도
두로 삼겠다고 하였다.

무송은 매우 기뻐하며 앞으로 나아가 그에게 절을 하였다. 그리하여
무송은 양곡현에서 보병 도두가 되었다.

書局

14

무송, 형의 원수를 갚다

무송이 도두가 되고 며칠이 지난 어느 날 그가 혼자서 거리를 걷고 있는데 등 뒤에서 누군가 부르는 소리가 들렸다.

"무송, 이제는 출세했다고 나를 찾지도 않는 게야?"

무송이 돌아보니 뜻밖에도 그는 바로 자신의 형 무대(武大)였다.

"아니! 형님, 이곳엔 웬일이십니까?"

"말하자면 길다. 네가 집을 떠나 일 년이 넘도록 편지 한 통 없으니, 나는 네가 원망스럽기도 하고 한편 너무 보고 싶었다. 여기서 이럴 것이 아니라 집으로 가자. 집에 가서 네 형수도 보고 오랜만에 우리 형제가 다시 만났으니 밤새 이야기나 실컷 하자!"

무송은 그의 말을 듣고 깜짝 놀라면서도 매우 기뻐하였다.

"형님이 장가를 드셨단 말입니까? 지금 어디에 살고 계십니까?"

"여기서 멀지 않은 자석가(紫石街)에 살고 있다. 오늘은 장사도 그만둬

야겠다. 가자!"

무송은 형의 짐을 어깨에 메고 그를 따라 자석가로 갔다.

원래 무송과 무대는 친형제이지만 아우인 무송은 키가 팔 척에 외모가 당당하며 힘이 장사였다. 그러나 형 무대는 오 척도 안 되는 키에 외모도 볼품 없었으며 착하고 유약한 사람이다.

청하현에 사는 한 부자가 집에서 부리는 하녀 반금련의 아름다운 모습에 반해 그녀를 첩으로 들이려 하였으나 금련이 따르지 않고 오히려 그 일을 주인 마님에게 그대로 고자질을 하였다. 이에 앙심을 품은 주인 영감은 무대에게 돈 한 푼 받지 않고 혼수까지 마련하여 그에게 시집을 보내버렸던 것이었다.

동네 건달들은 금련이 예쁜 얼굴에 눈웃음을 치고, 남편인 무대는 약하고 무능한지라 종종 집으로 쳐들어 와서는 아름다운 꽃이 소똥에 꽂혀있다며 행패를 부리곤 하였다.

무대는 견디다 못해 할 수 없이 양곡현으로 이사를 하였고, 전처럼 매일 구운 빵을 팔아 생계를

속담에 다섯 손가락을 펼쳐보면 그 길이가 각각 다르다는 말이 있습니다. 비록 친형제 친자매라 할지라도 생김새가 같을 수 없죠. 그러나 사람마다 모두 자신만이 가지고 있는 장점이 있고, 그것은 외모로 판단할 수 없는 것입니다. 어린이 여러분, 한번 생각해 보세요. 여러분은 어떠한 장점을 가지고 있을까요?

이어갔다.

한편 무대는 무송을 데리고 골목길을 돌아 자신의 집에 도착하였다. 무대가 밖에서 자신이 돌아왔다고 소리치자 곧이어 한 젊은 여인의 목소리가 들려왔다.

"오늘은 왜 이렇게 빨리 돌아왔어요?"

무대는 무송을 안으로 안내하며 말하였다.

"빨리 안으로 들어가 네 형수를 만나 보아라."

무송은 발을 젖히고 안으로 들어갔다. 무대는 서둘러 반금련에게 자신의 동생을 소개하였다.

"경양강에서 호랑이를 맨주먹으로 때려잡고 신임 도두가 된 이가 누군지 아시오? 그가 바로 내 아우 무송이오!"

반금련은 무송의 우람한 체격과 당당한 외모를 보고 한눈에 반하여 환하게 웃으며 그에게 다가와 인사를 하였다.

"안녕하세요. 도련님!"

"형수님, 이쪽으로 앉으셔서 제 절을 받으세요!"

그러자 반금련은 사양하며 무송을 일으켜 주었다. 무대는 동생을 다시 만난 것을 축하하기 위해 아내에게 음식과 술을 장만하라 일렀다. 그날 밤 두 형제는 늦도록 술을 마셨다. 밤이 깊어 무송이 숙소로 돌아가려 하자 반금련은 그에게 집에서 함께 살자고 권했고, 무대 역시 그녀의 말에

적극 찬성하며 함께 살기를 원하였다. 무송은 할 수 없이 형의 말에 따라 다음 날 짐을 꾸려 거처를 옮겼다.

그리하여 무송은 형 내외와 한 집에서 함께 살게 되었다. 반금련은 매우 기뻐하며 매일 무송을 극진히 대해 주었다. 무송은 형에게 돈을 주어 음식을 장만해 이웃을 초대하였다. 사람들은 호랑이를 때려잡은 영웅이 바로 무대의 친동생이라는

것을 알게 되었다.

그 후 반금련은 항상 은연 중에 자신의 속마음을 무송에게 표현하였고, 무송은 형수의 그런 마음을 모른 척 외면하였다. 그러나 한 번은 그녀가 너무 노골적으로 표현하자 그동안 불쾌함을 꾹 참고 있던 무송은 마침내 화가 폭발하여 그녀에게 심한 소리를 하며 타일렀다. 반금련은 자신의 실수를 깨닫고 무안하여 얼굴이 시뻘개졌고, 그 후로는 다시는 무송을 유혹하는 행동을 보이지 않았다.

그러나 무송은 성격이 강직한 사람이라 계속 이렇게 함께 산다면 서로 불편한 것이 많을 수밖에 없으니 전처럼 숙소를 현청으로 옮기는 게 서로를 위해 좋겠다고 생각하였다.

무대는 동생의 성격을 잘 알고 있는 터라 그를 말리지 않았고, 그저 시간이 나면 집에 자주 놀러오라고 말하였다.

시간은 쏜살같이 흘러 무송이 형의 집을 나간 지 벌써 두 달이 지났다. 무대는 여전히 빵을 팔러 다녔고, 무송은 틈이 날 때마다 자석가로 찾아가 형을 만났다.

하루는 지현이 무송을 관현으로 불렀다.

"내가 동경에 사는 친척에게 선물을 좀 보내려 하는데 도중에 도적떼들을 만나면 어쩌나 걱정이 되네. 그래서 말인데 자네가 수고를 좀 해주게. 돌아오는 즉시 자네에게 큰 상을 내리겠네."

"어르신의 분부를 어찌 거역하겠습니까? 소인이 반드시 임무를 완수하고 돌아오겠습니다."

무송은 지현의 영을 따르기로 하고 곧장 숙소로 돌아가 짐을 꾸려놓고 형 무대의 집으로 가서 형과 형수에게 작별 인사를 하였다. 또한 무송은 형에게 매일 장사를 조금씩만 하고 항상 집에 일찍 돌아오라고 당부하였고, 만약 일부러 시비를 걸어오는 자가 있다면 그가 동경에서 돌아와 처리하겠다고 말하였다.

무대는 고개를 끄덕였다.

"내 모든 일을 네 말대로 할 테니, 아무 걱정하지 말고 일이 끝나면 곧장 돌아오너라!"

다음 날 아침 무송은 예물을 가지고 병사 두 명과 함께 동경으로 떠났다. 한편 무대는 동생 무송의 당부대로 매일 집에서 늦게 나가고 일찍 돌아왔으며 아무 탈 없이 조용한 생활을 하였다.

어느 날 반금련은 발을 걷어올리고 무대가 돌아오기를 기다리고 있었다. 그때 마침 약방을 하

양곡현의 지현은 부임한지 이미 2년 반이 넘어 돈도 적지 않게 모은 터라 동경에 있는 친척에게 뇌물을 써서 더 큰 관직을 사려 하였던 것입니다. 그러나 이러한 일을 무송에게 낱낱이 이야기할 수도 없으니 무송은 자세한 내막도 모른 채 그저 지현이 자신을 중히 여긴다고 생각하며 그의 부탁을 들어 주었습니다.

는 유명한 바람둥이 서문경(西門慶)이 그녀를 보았던 것이다. 서문경은 반금련의 요염한 모습을 보고 한눈에 반하여 그 날 이후 매일같이 그녀의 집 옆에 있는 찻집에 들러 왕씨 노파에게 반금련에 대한 이야기를 물었다.

여우같은 왕씨 노파는 그런 서문경의 속마음을 꿰뚫어 보고 있었다. 어느 날 서문경은 은자 열 냥을 노파에게 주며 꼭 한번만 그녀를 만날 수 있게 다리를 놓아 달라고 부탁하였다. 단돈 열 냥에 눈이 먼 노파는 수단과 방법을 가리지 않고 반금련을 자신의 찻집으로 불러내 서문경과 만나게 해주었다.

반금련은 서문경을 본 후 조금은 마음이 끌리던 차에 왕씨 노파가 계속 옆에서 부추기니 그녀는 점점 무대가 싫어졌고 결국 서문경과 부적절한 관계를 맺게 되었다.

그리하여 반금련은 매일 무대가 장사를 나가면 살며시 뒷문으로 빠져 나가 노파의 찻집에서 서문경을 만났다. 속담에 좋은 일은

전통적인 부계 사회에서는 여자가 직접 자신의 결혼 상대를 선택할 권리가 없으므로 반금련과 무대의 결혼 역시 반금련이 원했던 결혼은 아니었습니다. 우리는 반금련의 행동에 대해 잘못된 것이라고 생각하지만 그러나 그 배후의 원인도 모두 깊이 생각해 보아야 할 것입니다.

문밖으로 새지 않아도 나쁜 일은 천리 밖까지 소문이 난다는 말이 있다.

그들의 관계는 이웃 사람들의 입에서 입으로 퍼지더니 어느덧 동네에서 모르는 사람이 없을 정도가 되었으나 오로지 한 사람 무대만은 아무것도 모르고 있었다.

당시 그 마을에는 과일 장사를 하는 '운가'라는 아이가 있었다. 그는 어려서부터 부모를 잃고 과일을 팔아 근근히 살아가고 있었는데 이를 불쌍하게 생각한 서문경은 가끔 그에게 돈을 주곤 하였다. 어느 날 운가는 배 한 바구니를 들고 서문경을 찾아갔으나 집에는 아무도 없었다. 그가 이리저리 수소문을 해보니 누군가가 서문경을 만나려면 왕씨 노파가 하는 찻집에 가야 한다고 알려 주었다. 그리하여 운가는 그 즉시 왕씨 노파의 찻집으로 달려갔다.

때마침 왕씨 노파는 문 앞에 앉아 길쌈을 매고 있었다. 운가가 다가오자 노파가 물었다.

"운가야, 이 시간에 네가 웬일이냐?"

"듣자하니 서문경 어르신이 이곳에 계신다고 하기에 배를 팔러 왔어요."

그 말을 들은 노파는 벌떡 일어나 그는 가로막았다.

"이곳에 안 계시니 빨리 가거라!"

하지만 운가는 노파의 말을 듣지 않고 안으로 뛰어들어가 마침내 서문경과 반금련이 방 안에 함께 있는 모습을 보게 되었다. 화가 난 노파는 운가를 끌고 나와 주먹으로 머리를 쥐어박으며 배 바구니를 들어서 길 바닥에 팽개쳐 버렸다.

운가는 찻집에서 머리까지 얻어맞고 쫓겨나자 울면서 소리쳤다.

"흥! 내가 얻어맞고 가만히 있을 줄 알아? 무대을 찾아 너희들이 한 짓을 다 일러바칠거야!"

운가는 그 즉시 거리로 나가 무대를 찾아 조금 전 자신이 본 일을 하나도 빠짐없이 다 말해 주었다.

무대는 그 말을 듣자마자 부리나케 왕씨 노파의 찻집으로 달려왔다. 운가는 일부러 노파를 잡고 놓지 않았고 무대는 그 틈을 타고 위층에 있는 방으로 올라갔다. 그러자 노파는 다급히 소리쳤다.

"무대가 왔어요!"

서문경은 그 소리를 듣고 당황하여 밖으로 도망치려고 문을 여는 순간 마침 위로 올라오고 있던 무대와 마주치고 말았다. 다급해진 서문경은 다리를 번쩍 들어 무대의 가슴을 힘껏 걷어찼다. 무대는 그대로 피를 토하며 기절하였고, 그 사이 서문경이 재빨리 밖으로 도망쳤다.

노파는 예상치 못한 일이 벌어지자 몹시 당황하며 즉시 반금련과 함께 무대를 부축하여 그의 집으로 옮겼다.

다음 날 반금련은 무대가 죽든 말든 전혀 관심을 두지 않고 여전히 짙은 화장을 하고 노파의 찻집으로 나가 서문경과 만났다. 무대는 꼼짝도 하지 못하고 침대에 누워 화난 목소리로 말하였다.

"네가 나를 돌보지 않는 것은 상관하지 않겠다. 하지만 네가 지금 무슨 짓을 하고 다니는지 네 자신이 더 잘 알 것이야. 내 아우가 돌아오면 너희 둘을 그냥 놔두지 않을 것이야!"

은근히 겁이 난 반금련은 그의 말을 노파와 서문경에게 전하였다. 세

사람은 자신들이 살기 위해 악랄한 방법을 선택하였다. 그들은 서문경이 운영하는 약방에서 비상을 가져다 약에 타서 무대를 독살한 다음, 시신을 즉시 화장해 버리면 물증이 사라지니 설사 무송이 돌아온다 하여도 증거를 찾지 못할 것이라 생각하였다.

그리하여 그들은 자신들의 계획을 하나씩 실천해 나갔다. 서문경은 죽은 사람들을 염하고 화장하는 일을 하는 하구숙(何九叔)에게 은자 열 냥을 주며 무대의 시신을 잘 처리해 달라고 부탁한 다음, 일을 할 때는 시신을 여러 번 보지 말고 일이 끝난 후에는 입에도 담지 말라고 당부하였다. 하구숙은 미심쩍게 생각하며 이 안에 분명 큰 비밀이 숨겨져 있다는 것을 직감하였지만 그 지방의 세력가인 서문경의 부탁을 거절할 수 없어 할 수 없이 승낙하였다.

무대의 집에 도착한 하구숙은 하얀 천을 들춰 보고 하마터면 놀라 기절할 뻔하였다. 무대의 얼굴은 검푸르고 눈, 코, 입 귀 등에서 피를 쏟은 흔적에 입술에는 이빨 자국이 선명하게 남아있었다. 이는 독살을 당한 것이 분명하였다. 그는 그제야 왜 서문경이 자신에게 돈까지 주며 모든 일을 부탁하였는지 알 것 같았다. 하구숙은 무대의 시신을 보며 생각하였다.

'무대의 동생은 맨주먹으로 호랑이를 때려 잡은 영웅이니 그가 돌아온다면 이 일을 그냥 덮어 두지는 않을 것이다. 그러면 이 일은 결국 언젠가 들통이 날 것이다.'

그리하여 하구숙은 일단 무대를 관에 넣은 다음 화장을 할 때 독약으로 인해 검푸렇게 변한 뼈 두 조각을 몰래 추리고 뼈를 싼 보자기에 이름과 날짜를 써 은자 열 냥과 함께 깊이 숨겨놓고 무송이 돌아오기만을 기다렸다.

두 달 후 동경으로 올라갔던 무송이 양곡현으로 돌아왔다. 그는 먼저 현청에 들러 임무를 무사히 완수하였다는 보고를 하고 서둘러 무대의 집으로 달려갔다.

무송이 무대의 집 앞에 도착하여 발을 제치고 안으로 들어가 보니 집 안에는 제단이 설치되어 있었고, 그 위에는 '망부무대랑지위(亡夫武大郞之位)'라고 쓰인 위패가 있었다.

그는 너무나 놀랍고 어이가 없어 몇 번인가 손으로 눈을 비비고 다시 보았다. 그는 안으로 들어가 형수를 불렀다.

"형수님, 무송이 돌아왔습니다!"

그때 반금련은 마침 위층에서 서문경과 함께 있었다. 갑자기 무송의 목소리가 들리자 깜짝 놀라 재빨리 분을 지우고 상복으로 갈아입은 후 거짓 울음을 울면서 내려왔고, 서문경은 뒷문으로 도망쳤다.

"형수님, 울지 마시고 말씀해 보세요! 대체 형님은 언제 돌아가셨습니까? 무슨 병을 얻어 어떠한 약을 드신 겁니까?"

반금련은 울면서 말하였다.

"도련님께서 동경으로 떠나신 지 보름 뒤에 형님이 갑자기 가슴이 아프다고 누우셨어요. 그래서 나는 용하다는 점쟁이는 다 찾아다녀 보고 좋다는 약은 무엇이든 구하여 다 써보았지만 아무 소용이 없었어요. 그러더니 점점 병세가 악화되어 아흐레만에 나만 남겨 두고 떠나셨어요. 흑흑흑……."

왕씨 노파는 무송이 돌아왔다는 소식을 듣고 혹시라도 반금련의 실수로 실마리가 잡힐까 두려워 그들을 보러 왔다. 그러나 무송은 그녀를 보지도 않고 형수에게 다그치듯 물었다.

"형님께서는 지금껏 가슴앓이를 한 적이 한 번도 없는데 어떻게 그렇게 허무하게 돌아가실 수 있단 말입니까?"

"무도두님, 속담에 날씨의 변화를 점칠 수 없듯이 사람의 길흉화복 역시 예상할 수 없는 것이라 하였습니다. 그러니 누구인들 무사태평을 장담할 수 있겠습니까?"

왕씨 노파가 한마디 거들었다. 그러자 반금련이 다시 말하였다.

"다행히 이웃에 왕씨 아주머니가 계셔서 많은 도움을 받았어요. 어느 한 곳 의지할데 없는 제가 얼마나 힘들었겠어요. 아주머니의 도움으로 무사히 장사를 치를 수 있었지요."

무송은 잠시 무엇인가 깊이 생각하더니 밖으로 나가 자신의 숙소로 돌아갔다.

무송은 깨끗한 옷으로 갈아입고 몸에 날카로운 칼을 숨긴 후 거리로

나가 촛불과 제물들을 산 후 다시 무대의 집으로 갔다.

　무송은 형의 영전 앞에 무릎을 꿇고 향을 올린 후 목놓아 울자 반금련

도 한쪽에 서서 거짓 울음을 울기 시작하였다. 그날 밤 무송은 숙소로 돌

아가지 않고 영전 앞에서 잠이 들었다.

　깊은 밤이 되자 무송은 어디선가 형의 목소리가

들리는 듯하여 조용히 귀를 기울였다.

"아우야! 너무 괴롭구나! 나를 위해 이 일을 밝혀다오!"

무송은 깜짝 놀라며 잠에서 깨어났다. 그는 방금 그 일이 꿈인지 생시인지 알 수가 없었다. 그는 가만히 앉아 생각하였다.

'형님의 죽음이 아무래도 이상해, 내 반드시 끝까지 파헤쳐서 형님이 편안히 가실 수 있도록 해 드려야겠어!'

다음 날 날이 밝아 무송이 세수를 하고 안으로 들어오자 마침 반금련이 위층에서 내려오고 있었다.

"형수님, 형님께서 어떤 약을 드셨습니까? 그리고 누가 염을 하고 화장을 하였습니까?"

"처방전이 여기 있고, 화장에 관한 일은 왕씨 아주머니가 하구숙이란 사람에게 부탁하였다고 들었어요."

그러자 무송은 이 일을 하구숙에게 물어보면 명확히 알 수 있을 것이라고 생각하였다. 그리하여 무송은 현청에 나가지 않고 곧장 사자항(獅子巷)에 있는 하구숙의 집으로 달려갔다.

하구숙은 무송을 보더니 깜짝 놀라며 물었다.

"도두께서는 언제 돌아오셨습니까요?"

"어제 돌아왔소. 구숙, 나와 함께 가줄 수 있겠소? 실은 내가 몇 가지 물어볼 게 있소."

하구숙은 무송이 십중팔구 무대의 일로 찾아왔다는 것을 알고 말하였다.

“잠시만 기다려 주세요. 제가 안에 들어가 가져올 게 있습니다.”

잠시 후 두 사람은 함께 골목 모퉁이에 있는 한 주점으로 들어갔다. 술을 몇 잔 마신 후 무송이 갑자기 칼을 꺼내 탁자에 꽂으며 말하였다.

“원한에는 상대가 있고 빚에는 빚쟁이가 있는 법이오. 너무 놀랄 것 없소. 그저 내 형님의 사인을 사실대로 말해 주시오. 그럼 절대 당신을 해치지 않겠소!”

그러자 하구숙은 가방에서 작은 보자기를 꺼내 보여 주었고, 보자기 안에는 두 조각의 뼈와 은자 열 냥이 있었다. 하구숙은 그때부터 서문경이 자신에게 은자 열 냥을 준 일과 무대를 염하고 화장하며 있었던 일이며 운가가 겪은 이야기도 솔직히 털어놓았다.

무송은 그의 얘기를 듣고 가슴 속에서 끓어오르는 울분을 꾹 참으며 말하였다.

“그렇다면 번거롭겠지만 구숙께서 운가를 찾는 일을 도와주시오. 그 아이에게 할 말이 있소.”

그들은 즉시 운가의 집을 찾아갔다. 마침 자신의 세력만 믿고 제멋대로 날뛰는 서문경을 탐탁지 않게 생각하던 운가는 그날 자신이 보고 들은 것들을 모두 무송에게 말해 주었다. 그의 얘기를 듣고 난 무송은 그들에게 말하였다.

“두 사람은 모두 나와 함께 관아로 가서 증인이 되어 주시오!”

그리하여 세 사람은 그 길로 현청으로 가서 지현에게 고하였다.

"소인의 형인 무대가 서문경과 형수인 반금련에게 독살을 당하였습니다. 이 두 사람은 증인이고 이것은 증거물이니 대인께서 살피시어 그들을 처단해 주십시오."

무송은 즉시 뼈와 은자를 지현에게 올렸다. 지현은 증거물을 보고 나서 다시 하구숙과 운가에게 이것저것 자세히 물어 본 다음 말하였다.

"무송, 속담에 눈으로 직접 본 것만이 증거가 될 수 있다 하였다. 그러나 때로는 눈으로 직접 본 것도 어쩌면 진실이 아닐 수도 있거늘 다른 사람의 말만 믿고 가벼이 행동할 수는 없는 일이니라. 게다가 증거물도 불충분하니 어찌 심리를 열 수 있겠느냐? 너는 본현의 도두로 응당 법을 잘 알 터이니 그만 물러가거라!"

이미 서문경으로부터 적지 않은 뇌물을 받아먹은 지현은 무송의 고소장을 받아주지 않았다.

무송은 할 수 없이 현청을 걸어나오며 결심하였다. 그는 즉시 거리로 나가 붓과 먹, 종이, 벼루를 사서 무대의 집으로 갔다. 그는 이웃에 사는 사람 네 사람을 집으로 초대하고 거기에 왕씨 노파와 반금련, 자신까지 모두 일곱 사람이 집 안에 모여 앉았다.

무송은 병사들에게 앞문과 뒷문을 지키게 한 후 안으로 들어가 몸에 숨기고 있던 칼을 꺼내며 큰 소리로 말하였다.

"여러분, 놀라실 것 없습니다. 나의 형인 무대가 원통하게 죽은 일을 여러분은 다 알고 계실 겁니다. 원한에는 상대가 있고 빚에는 빚쟁이가 있는 법이지요. 내가 오늘 여러분을 초청한 이유는 다름이 아니라 나를 도와 목격자가 되어 달라는 것입니다!"

그는 말을 끝낸 후 갑자기 날카로운 칼로 반금련의 목에 누르며 말하

였다.

"이 악랄하고 나쁜 년, 빨리 말해! 네 년이 우리 형님을 어떻게 죽였는

지 말해!"

반금련은 갑작스런 무송의 행동에 놀라 마침내 사실을 실토하였다. 이를 옆에서 보고 있던 왕씨 노파 역시 이제는 빠져나갈 구멍이 없다는 사실을 깨닫고 사실을 털어 놓았다.

무송은 글을 쓸 줄 아는 이웃에게 부탁하여 반금련과 왕씨 노파가 자백한 내용을 받아 적게 한 다음 지장을 찍게 하였다. 그리고 그녀들이 자백하는 광경을 처음부터 끝까지 모두 지켜본 이웃 사람들로부터 증인이 되겠다는 서명을 받았다.

무송은 진술서를 품에 잘 넣고 반금련의 머리채를 휘어잡은 후 그녀를 단칼에 찔러 죽였다.

그 광경을 본 사람들은 모두 놀라며 사시나무처럼 떨었다.

무송은 병사들을 시켜 왕씨 노파를 묶었다.

"여러분, 잠시 위층에 가서 앉아 계십시오. 제가 잠깐 다녀올 곳이 있

속담에 아무도 모르게 하려면 자신이 직접 하는 방법 밖에 없다는 말이 있습니다. 반금련과 왕씨 노파, 서문경이 저지른 악행은 결국 정의의 심판을 면하지 못하였습니다.
그러나 무송과 같이 먼저 자신이 처단하고 나중에 관아에 고하는 행동은 지금 우리 사회에서는 용서받을 수 없는 행동입니다. 증거만 확실하다면 법으로 그들을 응징할 수 있으므로 절대 일시적인 분노로 폭력을 행사하여 문제를 해결해서는 안됩니다. 그러면 자신도 결국 법의 심판을 받게 되니까요.

습니다.”

그는 병사들을 불러 방문을 지키게 한 후 밖으로 나가 곧장 서문경의 약방으로 달려갔다. 그러나 서문경은 술집에 가고 없었다. 무송은 곧장 술집으로 달려갔다. 그가 안으로 들어서자 서문경은 깜짝 놀라며 정신없이 도망갈 길을 찾았으나 결국 무송에게 잡혔고, 무송은 단칼에 그의 목을 잘라 죽였다.

무송은 다시 무대의 집으로 돌아와 방안에 있는 이웃들에게 말하였다.

“방금 전 서문경 역시 내 손에 죽었습니다. 저는 비로소 형님의 원수를 갚았으니 이제는 죽어도 한이 없습니다. 그래서 지금 현청으로 가서 자수하려 하니 여러분들은 저와 함께 현청으로 가서 증인이 되어 주십시오!”

그리하여 병사들은 꽁꽁 묶은 왕씨 노파를 앞세우고 무대의 집에 모여 있던 사람들과 함께 현청으로 갔다.

무송은 진술서를 지현에게 올리고 형의 원수를 갚은 일을 처음부터 끝까지 조금도 거짓을 보태지 않고 보고하였다.

지현은 진술서를 보고 왕씨 노파와 여러 증인들을 다시 심문한 후 공문을 작성하여 사건을 동평부(東平府)로 넘겼다.

동평부 부윤은 이미 무송의 사건을 들어 알고 있었다. 그는 무송의 의기에 깊이 감동하여 무송을 죄에서 구해주고 싶었다. 그리하여 부윤은 무송에게 곤장 사십 대를 친 후 맹주(孟州)로 귀양을 보내라 하였고, 왕씨 노파는 사형에 처하였다.

양곡현 사람들은 무송이 맹주로 가게 되었다는 소식을 듣고 그를 위로하러 찾아와 주었고, 어떤 이들은 그에게 돈과 옷가지들을 가져다 주었다. 때로는 술과 고기를 가져다 주는 사람들도 있었다. 무송은 그들에게 깊이 감사하며 맹주로 귀양을 떠났다.

생각해 보기

속담에 '선과 악의 결과는 모두 돌아온다. 다만 그 시기가 늦을 수도 있고 빠를 수도 있을 뿐이다'라는 말이 있습니다. 서문경이 권세를 부리고 반금련이 잔인하게 남편을 독살하여 잠시 동안은 자유롭게 즐길 수 있었지만 영원할 수는 없는 일이었습니다. 그러므로 우리도 매사에 요행을 바라지 말아야 할 것입니다.

15

무송, 술에 취해
장문신을 때리다

무송은 두 명의 호송관원을 따라 동평부를 떠나 맹주로 향하였다.

대략 이십여 일이 지났을 무렵 세 사람은 햇볕이 이글거리는 대낮에 산을 넘고 있었다.

무송이 앞으로 나가 산 아래를 바라보니 그곳에는 초가집이 몇 채 있었고 옆에 있는 버드나무에는 술집 깃발이 꽂혀있었다. 더위에 지친 무송은 호송관원들에게 함께 산 아래 있는 술집에 들러 술과 맛있는 음식으로 배를 채우자고 권유하였다.

세 사람이 발길을 재촉하며 술집을 향해 걷고 있을때 마침 한 나무꾼이 땔감을 지고 걸어오자 무송이 그에게 물었다.

"여보시오! 여기가 어디요?"

"이곳은 맹주로 가는 길로 저 앞에 보이는 큰 숲 옆이 바로 십자파입니다요.”

무송은 나무꾼에게 고맙다는 인사를 건네고 일행과 함께 주점으로 갔
다. 그때 한 여인이 웃으며 달려나와 그들을 맞았다.

“손님, 좀 쉬었다 가세요! 좋은 술과 고기가 많이 준비되어 있고, 식사
도 있습니다!”

세 사람은 안으로 들어갔다. 관원들이 무송에게 말하였다.

“무도두, 아무도 보는 사람이 없으니 칼을 잠시 벗어 놓고 마음껏 드
시오!”

그들은 무송의 칼을 벗겨 탁자 위에 올려 놓았다. 그러자 무송은 그들에게 감사를 표시하고 술과 고기를 주문하였다.

"주인장, 여기 제일 좋은 술과 고기를 가져오시오. 그리고 밥도 주고 빵도 이삼십 개 주시오."

잠시 후 술집 여주인은 소고기 두 접시와 술 한 통을 가지고 나왔다. 무송은 술을 마시면서 계속 이상한 눈빛으로 자신들을 힐끗 힐끗 쳐다보는 술집 여주인을 자세히 살펴보며 생각하였다.

'강호에서 들으니 어느 누구도 십자파를 지나다니지 않는 이유가 뚱뚱한 이는 무조건 만두의 속이 되어버리고 마른 사람은 십중팔구 강에 버려지기 때문이라고 하던데……. 저 여자의 눈빛이 수상해. 우리에게 손을 쓰기 전에 내가 먼저 저 여자를 시험해 봐야겠어!'

무송은 술을 여러 잔 마신 후 술집 여주인을 불렀다.

화화상 노지심이 이룡산에 뿌리를 내리기 전에 바로 십자파의 주점에서 술을 마신 적이 있는데 물론 노지심 역시 손이랑의 몽혼주를 피할 수 없었습니다. 그러나 다행히 장청이 돌아와 노지심이 가지고 있는 선장을 보고 보통 사람이 아닌 것을 알고 해독제로 그를 구해 주었습니다. 그 후 노지심과 장청은 함께 많은 이야기를 나누며 서로에게 호감을 갖게 되어 의형제가 되었습니다. 노지심은 이룡산에 자리를 잡은 후 장청에게 이룡산에서 함께 지내자며 여러 번 권한 적이 있습니다.

"이 술은 너무 약한 것 같소. 다른 좋은 술 없소? 우리에게 노자가 두둑하니 있으면 빨리 가져오쇼!"

그녀는 기뻐서 어쩔 줄 모르며 말하였다.

"있지요. 아주 맛있는 술이 있으니 곧 가져다 드릴게요."

그녀는 안으로 들어가 술을 한 병 가지고 나와 그들 세 사람에게 한 잔씩 따르며 권하자, 무송이 말하였다.

"나는 고기가 있어야 술이 술술 잘 들어가니 가서 고기를 좀 더 가지고 오시오!"

관원들은 좋은 술이란 말에 술잔을 들어 단숨에 비워버렸다. 그러나 무송은 틈을 보아 재빨리 술을 바닥에 버리고 술잔을 비운 척하며 말하였다.

"정말 좋은 술이군! 아주 좋아!"

얼마 지나지 않아 관원들은 바닥에 쓰러지고 말았다. 무송도 그들을 따라 눈을 감고 바닥에 누웠다.

그 광경을 보고 있던 술집 여주인이 안에다 대고 소리쳤다.

"소이하고 소삼은 어서 나오너라."

그러자 안에서 건장한 사내 둘이 달려나와 먼저 관원들을 안으로 둘러메고 들어갔다. 잠시 후 그들이 다시 나와 이번에는 무송을 들려 하였다. 그러나 그들의 힘으로는 무송을 들 수 없었다. 꼿꼿이 누워있는 무송은 족히 천 근은 되는 듯 하였다. 여주인은 두 장정이 한 사람을 번쩍 들지 못하자 신경질을 내며 말하였다.

"이 아무짝에도 쓸모 없는 밥충이들아! 이런 잡일도 내가 직접 해야 하느냐!"

그녀는 계속 투덜거리며 무송에게 다가가 그를 안으려고 하였다. 그 때 무송이 번개같이 손을 놀려 그녀를 끌어안아 두 다리로 그녀의 몸을 꽉 껴서 바닥에 자빠뜨리고 힘껏 눌렀다. 여주인이 고통스러워하며 소리치자 옆에 있던 두 사내가 그녀를 구하기 위해 덤벼들려고 하였으나 무송의 벽력같은 호통 소리에 겁을 잔뜩 집어먹고 멀거니 서서 보기만 하였다.

이때 밖에서 한 나무꾼이 안으로 들어왔다. 그는 여주인의 모습을 보고 황급히 다가와 말하였다.

"제발 노여움을 푸시고 저 사람을 용서해 주십시오! 모든 일은 제가 책임지겠습니다."

무송은 그 사내를 훑어보았다. 나이는 서른 대여섯 쯤 되어 보였고 술집 여주인의 남편이 아닐까 생각되어 물었다.

"이 여자가 당신의 부인이오?"

"예. 그렇습니다. 소인의 아내가 태산을 눈앞에 두고도 알지 못하고 큰 죄를 지었습니다. 용서해 주십시오! 그런데 호걸의 존함은 어떻게 되십

니까?”

“나는 도두 무송이란 사람이오!”

무송의 이름을 들은 나무꾼은 황급히 무릎을 꿇고 그에게 절을 올렸다.

“그렇다면 바로 경양강에서 맨손으로 호랑이를 때려잡으신 영웅이시

군요! 존함은 일찍이 들었습니다.”

무송은 그제야 부인을 놓아주었다.

“내가 보기에 당신네 부부 역시 평범한 촌부는 아닌 것 같은데 존함이

어떻게 되시오?”

“소인은 성이 장(張)이고 이름은 청(靑)입니다. 예전에 이곳 광명사(光明寺)의 채소밭에서 채소를 키우며 살았던 적이 있어 사람들은 저를 채원자(菜園子) 장청이라 부릅니다. 그리고 아내의 성은 손(孫)이고 어려서부터 아버지에게 무예를 좀 익힌 데다 성격이 직선적이고 사나워 사람들은 제 아내를 모야차(母夜叉) 손이랑이라 합니다. 저희 내외는 이곳에서 술집을 하면서 가끔 돈이 많은 손님이 찾아오면 술에 약을 타서 기절시킨 후 돈을 훔치곤 하죠. 그런데 오늘 세상 모르고 도두님께 이렇듯 죄를 지었습니다. 제가 일찍 돌아왔으니 망정이지 정말 큰일 날 뻔했습니다.”

장청이 대략 자신들의 내력을 밝히고 나자 그때서야 손이랑이 무송에게 다가와 용서를 빌었다.

“제가 영웅을 몰라 뵈었습니다. 용서해 주세요. 안으로 드셔서 말씀을 나누시죠.”

세 사람은 안으로 들어갔다. 손이랑은 소이와 소삼에게 분부하여 술상을 준비하였다.

“헌데 도두께서는 무슨 죄로 귀양을 가시는지요?”

장청이 묻자 무송은 서문경과 반금련을 죽여 형의 원수를 갚은 이야기를 해주었다. 그러자 장청이 말하였다.

“굳이 맹주 노성으로 가시어 고생할 필요 있겠습니까? 이참에 두 관원

을 처치하고 저와 함께 여기서 사시지요."

"말씀은 고마우나 나 무송은 지금껏 약한 자들을 해친 적이 없었고, 게다가 저 두 사람은 이리로 오는 길 내내 나를 잘 받들어 주었소. 만약 내가 저 사람들을 죽인다면 하늘이 나를 그냥 두지 않을 것이오! 그러니 어서 관원들을 깨워 주시오!"

그러자 손이랑은 두 관원에게 해약을 먹여 깨어나게 해주었다. 잠시 후 관원들은 깊은 잠에서 깨어나듯 일어나 무송을 한번 쳐다보고 말하였다.

"한 잔 밖에 마시지 않았는데 왜 이렇게 취했지? 술이 정말 독하네. 돌아오는 길에 또 들러야겠는걸."

무송과 장청, 손이랑은 그의 말을 듣고 모두 웃었다. 두 관원은 그들이 왜 웃는지 영문을 몰라 어리둥절해서 멍하니 바라보기만 하였다. 그날 밤 장청 부부는 좋은 술과 고기를 준비하여 그들에게 대접하였다. 무송은 그곳에서 삼 일을 더 머물렀다. 사일째 되던 날 무송은 이제 그만 길을 떠나야 한

어린이 여러분, 과감하게 행동하고 용감하게 책임지며 절대 착한 사람들을 해치지 않겠다는 무송의 원칙에 감탄하지 않았나요? 만약 무송이 두 관원의 목숨으로 자신의 자유를 얻었다면 그 후에 받게 될 양심의 가책이 더욱 크지 않았을까요?

다며 장청 부부의 극진한 대접에 깊이 감사하였다. 장청과 무송은 그간의 정으로 의형제를 맺었고, 장청은 여비로 쓰라며 은자 열 냥을 꺼내 무송에게 주었다.

무송은 다시 칼을 쓰고 두 관원과 함께 맹주로 떠났다.

그들은 점심때가 다 되어 맹주에 도착하였다. 두 관원은 인계수속을 끝마친 후 곧장 동평부로 돌아갔고, 무송은 독방 감옥으로 배정을 받아 들어갔다. 무송이 맹주 노성 앞에 도착하여 보니 그곳에 패가 걸려 있었고, 패 위에는 「안평채(安平寨)」라 적혀 있었다.

그곳의 죄수들은 무송이 새로 들어오자 모두 그에게 다가와 말하였다.

"돈을 가지고 왔소? 잠시 후 간수가 오면 빨리 돈을 집어주시오. 그렇지 않으면 살위봉을 맞아야 할 게요!"

"여러분들의 가르침에 감사하오. 내 기회를 봐서 그리하리다."

마침 그 때 한 간수가 다가와 소리쳤다.

"어느 놈이 새로 들어온 죄인 무송이냐?"

"저요!"

간수는 그에게서 아무런 움직임이 보이지 않자 눈을 부릅뜨며 소리쳤다.

"네놈도 양곡현에서 도두를 지낸 적이 있으니 다 알 터인데 내가 직접 말을 해야겠느냐?"

"지금 내가 당신에게 돈을 주기를 바라시는 게요? 한 푼도 없소! 하지
만 주먹은 가지고 왔지. 이제 날 어떻게 할 것이요? 설마 나를 다시 양곡
현으로 돌려보내겠는가?"

　간수는 그의 말을 듣고 화가 머리끝까지 나서 나가버렸다. 잠시 후 서
너 명의 사내들이 들어와 무송을 감옥 소장에게 끌고 갔다. 소장은 무송

을 보자마자 소리쳤다.

"여봐라! 새로 온 죄인 무송을 내 앞에 엎드리게 하고 살위봉 백 대를 내려쳐라!"

그러자 형을 집행하는 자들이 곤봉을 들고 때리려고 하였다. 그때 소장 옆에 서있던 스물 네다섯쯤 되어 보이는 한 젊은 남자가 소장의 귀에 대고 귓속말로 뭐라 말하는 모습이 눈에 들어왔다. 소장은 그의 말을 듣고 고개를 끄덕이더니 말하였다.

"멈추어라! 죄인 무송은 사실대로 말하여라! 혹시 이곳으로 오는 도중 무슨 병에 걸리지는 않았더냐?"

"저는 이곳으로 오는 길 내내 잘 먹고, 잘 걷고, 잘 자고 아무 병도 걸리지 않았소이다!"

"내 보기에 이 죄인은 안색이 좋지 않으니 살위봉은 잠시 미루도록 하여라!"

그러자 무송과 가장 가까운 곳에 있던 군졸이 무송에게 속삭이듯 말하였다.

"소장님께서 당신을 특별히 봐주시려고 하시니 빨리 병이 있다고 말씀드리시오!"

"나는 아무 병도 없고 건강하니 괜히 미루었다 맞을 필요가 뭐 있겠소! 빚을 지고 갚지 않으면 마음이 불편한 법이요!"

무송 곁에 있던 사람들은 그의 말을 듣고 모두 웃었다. 소장 역시 웃으며 말하였다.

"저 죄인은 병이 나서 머리가 어찌 되어 계속 헛소리만 하는구나. 빨리 저 죄인을 감옥으로 돌려보내거라!"

무송이 다시 감옥으로 돌아오자 여러 죄수들이 그를 둘러싸며 말하였다.

"뇌물도 바치지 않았고, 그렇다고 높은 관직에 있는 친척이 있어 돌봐주고 있는 것도 아닌 것 같은데 이렇게 무사히 돌려보낸 걸 보면 분명 밤에 당신을 죽이려는 것이오!"

"저들이 하는 대로 나도 갚아줄 것이오, 나는 전혀 두렵지 않소!"

저녁 식사 때가 되었다. 한 하인이 무송에게 밥을 가져다 주었다.

'설마 먼저 밥을 먹인 후에 나를 죽일 생각은 아니겠지? 모르겠다. 일단 먹고 보자!'

잠시 후 식사를 가져다 주었던 하인이 이번에는 목욕통과 더운물을 가지고 들어왔다.

"도두님, 목욕 하십시오!"

무송은 여러 말 묻지도 않고 일단 더운물로 목욕을 하였다. 그러자 하인은 어느새 모기장을 쳐놓았고 이부자리까지 마련해 놓았다.

무송은 침대에 누워 생각하였다.

'이곳 소장은 대체 무슨 생각으로 이럴까? 나를 죽일 생각은 없는 듯한데…….'

다음 날 무송이 일어나자 하인은 그에게 세숫물을 떠다 주고 풍성한 식사를 가져다 주는 것이었다. 식사가 끝나자 하인이 그에게 다가와 말하였다.

"이곳은 불편하니 거처를 옮기시죠."

무송은 하인을 따라 다른 방으로 왔다. 방이 넓고 햇볕도 잘 들어올 뿐만 아니라 탁자와 의자 그리고 침대까지 깨끗이 정리되어 있었다. 점심 때가 되자 하인은 또 다시 고기와 술, 간식 등 먹을 것을 잔뜩 들고 들어왔다.

무송은 점점 더 궁금하였다. 그렇게 4일째가 되던 날 점심때가 되자 하인은 이번에도 술과 음식들을 가져다 주었다. 무송은 도저히 더 이상 참지 못하고 물었다.

"솔직히 말해 보아라. 누가 이 술과 음식들을 가져다 주라고 지시한 것이냐?"

작은 자료실

속담에 '낚싯줄을 길게 놓으면 큰 고기를 잡는다'는 말이 있습니다. 무송이 다른 죄수들보다 월등히 좋은 대우를 받는 것은 알고 보면 소장이 그에게 부탁할 일이 있었기 때문입니다. 또 다른 속담에 '공이 없으면 녹을 받지 않는다'는 말이 있습니다. 그러니 무송이 의심스럽게 여기고 계속 추궁하는 것은 매우 정상적인 반응입니다.

"소장 어르신 댁에 계신 분이 제게 분부하신 일입니다."

"참 이상하군. 나는 죄를 지은 죄인에 불과한데 그 사람이 누군데 어찌 나를 알고 있는 건가? 바른대로 말하지 않으면 오늘은 먹지 않을 것이다!"

무송이 계속 추궁하며 물었다.

"소인이 어찌 알겠습니까? 그날 도두께서 살위봉을 맞으려 할 때 옆에서 소장님께 사정을 봐달라고 부탁한 분입니다. 그분께서 제게 분부하시기를 일단 삼 개월 동안 계속하여 도두님께 좋은 술과 음식을 가져다 드리라고 하셨습니다."

"나는 청하현 사람이고 맹주는 천 리나 떨어진 곳이니 서로 알 턱이 없는데 그가 왜 나를 구해준 것이냐? 빨리 말하여라, 그 사람의 이름은 무엇이냐?"

무송은 아무리 생각해도 이해가 되지 않는 일이라 계속 이것저것을 묻자 하인이 대답하였다.

"그분의 성은 시(施)이고 이름은 은(恩)이라 합니다. 주먹을 잘 쓰시는 분으로 사람들은 모두 그분을 금안표(金眼彪) 시은이라 부릅니다."

"듣고 보니 호걸임이 분명하시다. 빨리 가서 그분을 모셔오너라."

하인은 할 수 없이 돌아가 보고하였다. 잠시 후 시은이 달려와 무송에게 절을 하였다. 그러자 무송은 황급히 답례를 올리며 말하였다.

"나는 이곳에 수감되어 있는 죄인이오. 내게 늘 정성을 다하여 환대해 주시니 이 무송은 그저 몸 둘 바를 모르겠소."

"소제는 도두님의 크신 이름을 이미 들어 알고 있습니다. 오래 전부터 만나 뵙고 싶었으나 너무 먼 곳에 계신 터라 그리하지 못하였습니다. 도두께서 맹주에 오셨으니 당연히 잘 모셔야지요."

"방금 전 하인의 말을 들으니 일단 삼 개월간은 계속 좋은 술과 음식을 내게 가져다 주라고 하였다던데 그 이유가 무엇이오?"

"아무것도 아닙니다. 제가 나중에 말씀드리겠습니다."

"할 이야기가 있으면 지금 하시오. 이러면 내가 답답하여 견딜 수가 없소이다! 도대체 무슨 일이오?"

"그렇다면 말씀을 드리죠. 이 일은 도두님과 같이 무예가 뛰어난 분만이 할 수 있는 일입니다. 허나 이곳으로 오시는 동안 고단하고 힘들어 기력이 많이 쇠하셨을 것이라 생각되어 서너 달 동안 휴식을 취하신 다음 말씀드리려 하였습니다."

그러자 무송은 큰소리로 웃으며 말하였다.

"나는 작년에 삼 개월 동안이나 학질에 걸려 앓은 적이 있으나 경양강에서 술에 취한 상태임에도 불구하고 호랑이를 때려잡았소. 그때도 체력에 있어 아무 문제가 없었는데 하물며 지금은 어떻겠소? 그럼 이렇게 합시다. 내가 어제 보니 저쪽 천왕당 앞에 큰 돌이 있던데 바위의 무게가

얼마나 될 것 같소?”

시은은 잠시 생각하더니 대답하였다.

“적어도 오백 근은 될 것입니다!”

“좋소. 저와 함께 가서 내가 그 바위를 들 수 있는지 없는지 한번 보
시구려!”

그리하여 두 사람은 천왕당 앞으로 갔다. 무송은 손으로 바위를 살짝
흔들어보더니 웃으며 말하였다.

“요즘 몸을 움직이지 않았더니 들지 못할 것 같소!”

“오백 근이나 되는 바윗덩어리를 어찌 그리 쉽게 들 수 있겠습니까?”

그러자 무송이 다시 큰 소리로 웃으면서 말하였다.

“내가 정말 들지 못할 것이라 생각하는 게요?”

무송은 웃옷을 벗어 허리에 묶은 후 두 무릎을 살짝 구부려 아주 가볍
게 바위를 들어올렸다. 그가 바위를 들고 서 있다가 앞으로 던지자 바닥
이 움푹 패였다.

많은 사람들이 그의 모습을 보고 놀라 멍하니 바라보았다. 시은은 매
우 기뻐하며 무송을 끌어안았다.

“과연 대단하십니다. 마치 천신과 같습니다!”

그리하여 시은은 무송을 자신의 집으로 초대하였다.

“이제는 내게 말해 줄 수 있겠소? 도대체 무슨 일이오?”

"이쪽으로 앉으시지요. 제가 말씀드리겠습니다. 저 동문 성밖에 쾌활림이란 곳이 있습니다. 그곳에는 각종 상점들이 즐비하고 하북과 산동의 상인들이 모두 그곳에 모여 장사를 합니다.

소제 역시 그곳에 주점을 내고 매월 이삼백 냥은 족히 벌어 들였는데 두 달 전 장단련이 동로주(東潞州)에서 한 사람을 데리고 왔지요. 그 사람은 성이 장(將)이고 이름은 충(忠)이라는 자였는데 키가 구 척에 가까워 강호 사람들은 그를 장문신(將門神)이라 부릅니다. 그 작자는 키가 클 뿐만 아니라 무예도 뛰어난지라 한번은 그가 자화자찬하기를 '온 천하를 다 뒤져 보았으나 자신의 적수가 될만한 사람을 아직 만난 적이 없다' 는 겁니다. 그가 맹주에 온 후 저의 가게를 빼앗으려 하였고 제가 반항하자 주먹으로 때려 두 달이나 침대에서 꼼짝하지 못하고 누워 살았습니다. 그날 도두께서 오시던 날도 아직 머리에 붕대를 매

작은 자료실

쾌활림(快活林)은 맹주 동문성 밖에 위치한 곳으로 현대의 상업중심지역과 비슷한 곳입니다. 그곳에는 주점, 여관, 도박장, 전당포 등등 점포들이 즐비하고 사람들의 왕래가 많은 아주 번화한 곳입니다. 시은(施恩) 역시 자신의 무예 실력에 의지하여 직업 삼아 그곳에 주점을 차려놓고 그곳을 오가는 상인들에게서 보호비 명목으로 돈을 받았으니 수입이 좋은 편이었습니다.

고 있었는걸요! 저는 무예를 좀 하는 사람들을 구해 그와 맞서 싸워 원수

를 갚으려 하였지만 하나 같이 그의 실력을 따라가지 못하니 그저 울분

을 삼키고 참을 수 밖에요. 그날 도두께서 이곳에 오신 것을 보고 오로지

도두님만이 저의 골수에 새겨진 원한을 풀어줄 수 있을 것이라 생각하였

습니다."

그의 말을 듣고 무송은 큰 소리로 웃으며 말하였다.

"그 장문신은 머리가 몇 개고, 손이 몇 개요?"

"당연히 머리가 하나에 손은 둘이죠! 어찌 그보다 많을 수 있겠습니까?"

"나는 또 머리가 세 개에 팔이 여섯 개인 줄 알았소이다! 흥, 나는 한평생 그렇게 억지를 부리는 사람들을 제일 싫어했소. 내가 호랑이를 때려잡은 것처럼 그 놈에게 뜨거운 맛을 보여줘야 겠소!"

무송이 화를 내며 말하자 시은이 말하였다.

"서두르지 마십시오. 일단 소제가 사람을 보내 그쪽 동정을 살펴보겠습니다. 만약 그가 없는 사이에 쳐들어간다면 괜히 그에게 도망갈 기회를 주는 꼴이 되지 않겠습니까?"

그러나 무송은 그렇게 참을성이 많지 않았다. 그는 당장 가서 요절을 내야 한다고 계속 고집을 부렸다. 이때 갑자기 소장이 병풍 뒤에서 걸어나왔다.

"기다리시오, 무장사. 먼저 안으로 들어 나와 이야기 좀 합시다."

소장은 무송을 후당으로 데리고 들어가 술상을 차려놓고 시은으로 하여금 앞으로 무송을 형님으로 모시라 말하였다. 무송은 매우 기뻐하며 술이 취하도록 마음껏 마시다 보니 결국 몸을 가누지 못하고 하인들의

부축을 받으며 방으로 들어가게 되었다

　다음 날 시은 부자는 무송이 술에 취해 힘을 쓰지 못할까 걱정하여 아침 밥상에는 음식만 풍성할 뿐 술은 딱 세 잔만 올렸다. 무송은 속으로 그 까닭을 알고 있었으나 아무 말도 하지 않았다. 사실 무송은 밤새도록 장문신을 혼내주고 싶은 마음에 빨리 날이 새기만을 기다리고 있었다.

날이 새자마자 무송은 세수를 하고 옷을 단정히 한 다음 시은과 함께 아침을 먹었다.

“잠시 후 성을 나가면 석 잔 없이는 못 가니 그리 알도록 하게.”

“석 잔 없이는 못 간다는 말씀은 무슨 뜻인지 소제는 잘 모르겠습니다.”

“그것은 여기서 쾌활림까지 가는 도중에 술집이 나올 때마다 나에게 술 석 잔을 사주게. 그러지 않으면 그 집을 지나가지 않겠네.”

시은이 잠시 생각하더니 말하였다.

“그러면 가는 도중에 취하시지 않겠습니까?”

“술을 한 사발 들이키면 힘이 그만큼 생기네.”

무송은 크게 웃으며 다시 말을 이었다.

“만약 경양강에서 술에 취하지 않았다면 아마 호랑이를 때려잡지 못했을 것이네!”

“그러시다면 집에 좋은 술들이 많으니 하인들에게 시켜 뒤를 따라서 오라 하고 가면서 술집이 나올 때마다 석 잔씩 마시는 것이 어떻겠습니까?”

무송과 시은은 즉시 쾌활림으로 떠날 준비를 하였다. 무송은 술집이 나올 때마다 석 잔씩 마셨고 쾌활림에 도착했을 때는 이미 수십 잔을 마신 뒤였다.

“저 앞이 바로 장문신의 주점입니다. 조심하십시오. 적을 너무 가벼이 봐서는 안 됩니다!”

제 15 장 무송, 술에 취해 장문신을 때리다

시은은 무송에게 장문신의 주점을 알려주고 먼저 집으로 돌아갔다.

무송은 술이 많이 취한 척하며 비틀거리며 걸었다. 주점 앞으로 다가와 보니 한 건장한 사내가 나무 그늘 아래에서 손에 부채를 들고 더위를 식히고 있었다. 무송이 곁눈질로 보니 그 사내가 바로 장문신임을 알아차릴 수 있었다.

주점 안에는 세 개의 커다란 술항아리가 나란히 놓여있었고, 중앙에 놓인 계산대에는 한 젊은 여자가 앉아 있었다.

'저 여자는 분명 장문신의 첩일 거야!'

무송은 모든 것을 자세히 살피고 생각하며 주점 안으로 들어가서 자리를 잡고 앉았다. 잠시 후 주점의 일꾼이 주문을 받으러 왔다.

"손님, 술은 얼마나 드릴까요?"

"술 두 대를 가져오너라. 하지만 먼저 맛보기로 조금만 가져오너라. 내가 일단 맛을 보고 입맛에 맞지 않으면 마시지 않을 것이다!"

잠시 후 주점의 일꾼은 그에게 술을 한 사발 가져다 주었다.

"손님, 맛을 보십시오!"

무송은 주점의 일꾼이 가져온 술에 코를 대고 냄새를 맡아 본 다음 고개를 흔들며 말하였다.

"이것을 술이라고 가져왔느냐! 가서 좋은 술로 다시 가져오너라!"

일꾼이 술을 다시 계산대에 가져다 주자 그곳에 앉아 있던 여인이 새로 좋은 술을 꺼내 일꾼에게 주었다. 그러나 무송이 한 입 마셔보더니 얼굴을 찡그리며 말하였다.

"이것도 아니야! 가서 더 좋은 술로 가져오너라!"

주점의 일꾼은 이미 술에 취한 무송을 감히 어쩌지 못하고 술을 다시 계산대로 가져다 주며   말하였다.

“저 손님이 술에 취해 괜히 시비를 걸려는 것 같아요. 다른 것으로 주세요!”

여인이 이번에는 가장 좋은 일등품을 한 사발 떠주었다. 무송이 한 입 마시더니 그제야 고개를 끄덕이며 좋아했다.

“음! 술이 이 정도는 돼야지! 여보게! 이 집 주인의 성씨가 어떻게 되나?”

“장입니다.”

무송은 계속 취한 척하고 큰 소리로 웃으며 말하였다.

“왜 이씨가 아니지?”

그때까지만 해도 계산대에 가만히 앉아있던 여인이 듣다 못해 무송에게 화를 내며 말하였다.

“이건 술취한 게 아니라 일부러 시비를 거는 것 아니오?”

그러자 주점의 일꾼이 재빨리 그녀를 말렸다.

“외지에서 온 불한당이니 신경쓰시지 마십시오!”

“너 지금 뭐라 했어?”

무송이 화난 척하며 소리쳤다.

“아무것도 아닙니다. 그냥 우리끼리 하는 말이니 상관하지 마십시오!”

그러자 무송이 일꾼에게 말하였다.

“저기 계산대에 앉아 있는 여자한테 이리 와서 내게 술 한 잔 따르라고 하여라!”

"그런 말씀 마십시오! 저분의 저희 주인 어른의 부인입니다!"

무송은 취한 눈을 부릅뜨며 말하였다.

"그럼 어때? 그냥 술이나 한 잔 따르라는 건데!"

그러자 계산대에 있던 여인이 크게 화를 내며 욕설을 퍼부었다.

"이 놈이! 해도 너무 하는 것 아니야!"

그녀가 화를 내며 무송에게 달려들자 무송은 자리에서 벌떡 일어나며 두 팔로 탁자 위에 있던 그릇들을 쓸어버리고 그녀에게 다가가 그녀의 허리를 잡아 술통 속에 처넣었다.

주점에 있던 다른 손님들은 상황이 이상하게 돌아가자 혹시라도 자신들에게 불똥이 튈까 두려워 모두 서둘러 나가버리고 주점 안에는 개미 새끼 한 마리 남아 있지 않았다.

그러자 잠시 후 힘깨나 쓰는 주점 일꾼들이 안으로 들어와 일제히 그에게 달려들었다.

무송은 주먹 한 방과 발차기 한 번으로 가볍게 두 명을 쓰러뜨리고 또 다른 사람이 달려들자 이번에는 그를 번쩍 들어 술항아리 속으로 던져버렸다. 나머지 역시 모두 그에게 사정없이 맞아 바닥에 쓰러져서 꼼짝도 하지 못하였다.

그들을 모두 때려눕힌 무송이 비틀거리며 막 주점을 나가려는 순간 장문신이 헐레벌떡 달려왔다.

무송은 덤벼드는 장문신을 발길로 힘껏 내질렀다. 그의 발에 아랫배를 걷어 채인 장문신은 배를 움켜잡고 바닥에 쪼그리고 앉았다.

무송은 다시 오른발로 그의 이마를 걷어찼다. 장문신은 더 이상 몸을 지탱하지 못하고 '쿵' 하는 소리와 함께 뒤로 넘어가서 다시는 일어서지 못하였다.

그러자 무송은 그에게 다가가 그의 가슴을 한 발로 밟고 서서 주먹으로 얼굴을 내리쳤다.

무송은 씨름꾼 출신인 장문신에게 잡히지 않으려고 먼저 헛주먹질로 그의 눈을 속인 후, 왼 발길질로 그를 주춤하게 만들고 다시 오른 발길질로 차넘긴 것이었다. 이러한 동작은 「옥환보(玉環步), 원앙각(鴛鴦脚)」이라 부르는 그만이 할 수 있는 특기로 아주 대단한 힘을 자랑하였다. 장문신은 무송의 무서운 힘을 도저히 당해내지 못하였고 연신 살려달라며 애원하였다.

"이놈아! 네가 살고 싶으면 내게 세 가지 일을 약속하여라!"

"좋습니다! 세 가지 아니라 삼백 가지라도 약속하겠으니 제발 목숨만 살려주십시오!"

"첫째, 이 주점은 네놈이 금안표 시은에게서 빼앗은 것이니 지금 당장 그에게 돌려주고 쾌활림을 떠나라!"

"알겠습니다! 꼭 그렇게 하겠습니다."

"그럼 둘째는 내가 잠시 너를 놓아줄 터이니 너는 당장 이 쾌활림의 영웅호걸들을 모조리 불러 시은에게 인사를 시키거라!"

"예. 그렇게 하겠습니다."

"마지막 세째는 오늘 모든 일을 끝내놓고 당장 이 쾌활림을 떠나 네 고향으로 돌아가서 두 번 다시 이 맹주 땅에는 얼씬도 하지 말아야 한다. 만약 다시 내 눈에 나타나는 날에는 오늘처럼 곱게 보내주지 않을 것이야!"

"예, 예, 잘 알겠습니다."

무송은 그제야 그를 풀어주었다. 장문신은 볼이 시퍼렇게 멍들고 얼굴이 퉁퉁 부어 처참한 몰골이 되고 말았다.

"경양강의 호랑이도 두세 주먹에 보내버렸으니 너는 내 상대가 되지 못해!"

장문신은 그때서야 그가 무송이란 사실을 알 수 있었다.

이때 시은이 이삼십 명이 넘는 사람들을 데리고 달려왔다. 시은은 무송이 장문신을 이긴 것을 보고 매우 기뻐하였다. 무송이 장문신에게 말하였다.

"주점의 진짜 주인이 오셨으니 빨리 가서 내가 시킨 일들을 하나씩 시행하여라!"

무송과 시은은 주점 안으로 들어갔다. 주점은 난장판이 되어

작은 자료실

장문신이 공공연하고 대담하게 시은의 주점을 빼앗을 수 있었던 것은 맹주 영내에 사는 장단련이 뒤에서 밀어주고 있었기 때문입니다. 그러므로 무송에게 당한 장문신은 즉시 장단련을 찾아가 상의하였고, 더 악랄한 방법으로 무송에게 복수하려 하였습니다.

있었고, 술항아리에 빠진 자들도 하나씩 젖은 몸을 추스르며 일어났다.

"너희들은 빨리 이곳을 깨끗이 정리하여라!"

장문신은 마차를 준비하고 짐을 꾸리는 한편 하인들에게 분부하여 쾌활림 일대의 영웅호걸들을 모시고 오라 하였다.

잠시 후 술상이 차려지고 호걸들이 자리에 앉았다. 무송은 하인들을 시켜 호걸들 앞에 놓인 큰 사발에 술을 가득 따르라고 하였다.

그들과 함께 연거푸 여러 잔의 술을 마신 후 무송이 말하였다.

"호걸 여러분, 제가 맹주로 귀양 온 후 본래 시은의 것이었던 쾌활림의 이 주점을 장문신에게 빼앗겼다는 얘기를 들었습니다. 나는 본시 사람의 도리를 모르는 나쁜 놈들을 싫어하여 지금까지 늘 그런 자들을 혼내주는 일에 주저함이 없이 발벗고 나서서 도왔습니다. 그래서 오늘도 장문신의 명줄을 끊어 뿌리째 뽑으려 하였으나 여러 호걸들의 체면을 봐서 살려주었습니다. 대신 오늘 즉시 이곳을 떠나라 하였고, 또 다시 내 눈에 띄는 날에는 경양강의 호랑이처럼 될 것입니다!"

사람들은 그의 말을 듣고 모두 장문신을 용서하라고 청하였다. 장문신은 감히 숨도 크게 쉬지 못하고 벌벌 떨며 여러 호걸에게 인사를 올린 후 즉시 마차에 올랐다.

그리하여 시은은 다시 쾌활림의 주점을 경영하였고, 무송도 주점에 묵었다. 시은은 자신의 한을 풀어준 무송을 더욱 더 존경하였다.

16

무송, 원앙루에서 원한을 씻다

무송이 장문신을 때려 고향으로 내쫓은 지 벌써 한 달이 지났다. 어느 날 맹주 병마도감(兵馬都監) 장몽방(張蒙方)의 부하가 찾아와 장몽방이 무송을 만나고 싶어한다고 전하였다.

시은은 장도감의 친필 서신을 받아보고 무송을 찾아가 말하였다.

"장도감께서 사람을 보내왔는데 어찌하면 좋겠습니까?"

"그가 사람을 보내왔다면 당연히 가서 만나봐야지 어찌하겠는가!"

무송은 즉시 옷을 갈아입고 군졸을 따라 도감부로 갔다. 장도감은 무송을 보고 기뻐하며 말하였다.

"내 일찍이 들은 바로 너야말로 진정한 대장부이고 천하무적에 남을 돕는 일이라면 목숨도 아끼지 않는다고 들었다. 내 밑에 너 같은 인재가 없어서 참으로 아쉬웠는데 내 밑에서 일해 보겠느냐?"

그러자 무송은 즉시 무릎을 꿇고 앉아서 말하였다.

"소인은 귀양살이를 하러 온 죄인일 뿐입니다. 도감상공께서 소인을 쓰시겠다면 소인은 기꺼이 도감상공을 모시겠습니다!"

장도감은 크게 기뻐하며 하인에게 무송이 기거할 방을 정리하라 명하였다.

무송이 도감부에 온 후부터 장도감은 마치 그를 친척처럼 대해주었다. 매일 함께 식사를 할 뿐만 아니라 그에게 새 옷까지 지어주었다. 도감의 총애를 받은 무송은 앞으로 시은을 만나러 갈 틈이 없을 것 같다는 생각을 하였다.

무송이 어려운 사람들을 잘 돕는 것을 알고 가끔 사람들이 찾아와 무송에게 이것저것 부탁하였고, 그럴 때마다 무송은 도감의 허락을 받고 그들을 도와주었다. 그러자 무송의 은혜를 입은 사람들은 그에게 돈이나 비단을 선물하였고, 무송은 등나무 상자를 사서 그것들을 잘 넣어두었다.

시간이 흘러 팔월 추석이 되

누군가 아무런 이유도 없이 우리에게 친절을 베풀 경우 어쩌면 다른 의도를 가지고 있을 수도 있으니 그것을 아무렇지도 않아 받아들이면 안 됩니다. 비록 좁은 마음으로 다른 사람의 호의를 받아들이지 않는 사람이 될지도 모르지만 무조건 다른 사람을 믿고 경계하는 마음을 갖지 않는 것도 옳지 않습니다. 그러므로 모든 일에 신중을 기하지 않으면 안됩니다.

었다. 장도감은 후당의 원앙루에서 잔치를 벌이고 무송을 불렀다. 그 자리에는 도감의 부인도 함께 있었다. 그가 겨우 술을 한 잔 마시고 나가려고 하자 장도감이 무송을 불렀다.

"어디 가느냐?"

"이곳은 도감상공의 가족들이 계시는 잔치이니 소인은 그만 물러가려고 합니다."

그러자 장도감이 웃으며 말하였다.

"무슨 소리냐. 나는 너를 한집안 식구처럼 여기고 불렀는데 왜 피하려하는 게냐?"

무송은 여러 번 사양하였으나 장도감은 그를 놓아주지 않았다. 그리하여 무송은 할 수 없이 다시 자리에 앉고 말았다. 장도감은 하녀를 시켜 무송에게 술을 권하라 하였다. 무송이 서너 잔의 술을 마시고 나자 장도감은 다시 하녀를 시켜 은으로 만든 큰 술잔을 가져오게 하였고, 그들은 그 술잔으로 술을 다시 마셨다.

무송은 술을 꽤 많이 마셨다. 그는 술에 취해 실수를 하게 될까 두려워 먼저 자리를 떴고, 장도감도 이번에는 그를 잡지 않았다. 방으로 돌아온 무송은 달빛도 밝고 배도 불러 잠이 오지 않을 것 같아 봉을 들고 나와 몇 차례 봉술을 연마하였다.

어느덧 삼경이 되어 무송이 방으로 돌아와 잠을 청하려 할 때 갑자기 후당에서 '도둑이야!' 하는 소리가 들려왔다. 무송은 자리에서 벌떡 일어나 몽둥이를 들고 후당으로 달려갔다. 이때 한 하녀가 황급히 달려나왔다.

"도둑이 지금 화원으로 달려갔어요."

무송이 화원으로 뛰어가 아무리 찾아보아도 사람의 그림자를 발견할 수가 없었다. 그가 이상히 여기며 막 되돌아 나오려는 순간 캄캄한 어두움 속에서 결상 하나가 날아와 무송을 넘어뜨렸다. 그가 아직 일어서기도 전에 갑자기 여러 명의 사내들이 몰려나오며 소리쳤다.

"도둑을 잡았다!"

그들은 큰 소리로 외치며 다짜고짜 무송을 바닥에 누인 다음 단단히 묶었다. 그러자 무송이 소리쳤다.

"나일세! 무송이라구. 도둑이 아니란 말이야!"

하지만 무송은 그들에게 끌려 대청 앞으로 갔다. 장도감은 청상에 앉아 목청을 높이며 말하였다.

"네 이놈! 내 그동안 너를 친척처럼 잘 대하여 주었건만 도적의 마음을 끝내 고치지 못하고 일을 저지르고 말았구나!"

"아닙니다. 저 무송은 지금껏 하늘을 우러러 한 점의 부끄럼도 없이 살아온 사람입니다! 저를 믿어 주십시오!"

도감은 그의 말을 들은 척도 하지 않고 옆에 있는 군졸들에게 명하였다.

"저놈을 옥에 가두고 방을 수색하여 장물이 있는지 알아보아라!"

군졸들은 무송을 옥에 가두고 그의 방에서 등나무 상자를 찾아냈다. 상자 안에서 은그릇을 비롯해 대략 일이백 냥의 재물이 나왔다. 무송은 너무나 어처구니가 없었다.

군졸들은 상자를 들고 나가 장도감에게 보였다. 장도감은 크게 노하며 말하였다.

"이 배은망덕한 놈! 장물이 너의 상자 속에 있거늘 뭐라 변명하겠느냐!"

　　무송은 계속 억울함을 호소했지만 장도감은 그에게 해명할 기회를 주

지 않고, 무송을 옥에 가두라 명하였다. 또한 그는 즉시 지부에 보고를

하고 위아래 할 것 없이 이 일과 관련된 모든 사람에게 뇌물을 주었다.

　　다음 날 무송은 도저히 헤어날 길이 없어 죄를 시인할 수밖에 없었다.

지부는 무송을 절도죄로 옥에 가두었다.

　　　　한편 시은은 무송이 옥에 갇힌 것을 알고 서둘

러 성으로 들어가 아버지와 상의하였다.

"이 사건은 장단련이 장문신의 원수를 갚으려고 장도감을 매수하고 함정을 파 놓은 게 틀림없다. 모두가 우리의 일로 그리되었으니 빨리 그를 빼낼 방법을 찾아봐야겠다."

시은은 즉시 은자 이백 냥을 가지고 감옥으로 찾아가 옥졸들에게 뇌물로 주고 무송을 부탁하였다. 이곳의 한 옥졸이 시은과 교분이 있어 그에게서 모든 사실을 들을 수 있었다.

알고 보니 장문신은 무송에게 죽도록 맞은 후 맹주를 떠나지 않고 장단련의 집에 숨어서 치료를 받고 있었던 것이었다. 또한 장단련은 장문신을 위해 원수를 갚아주려고 장도감을 매수하여 함께 계략을 꾸민 것이었다.

시은은 이 사실을 알고 계속 옥졸들에게 은자를 바치며 무송을 보러갔다. 그러나 이 일이 장단련의 측근에게 발각되자 더 이상 찾아갈 수 없게 되었다.

그렇게 두 달이 지나자 지부에서는 무송에게 매 스무 대를 때린 후 은

무송이 심의를 받을 때 지부는 이미 장도감의 뇌물을 받았으므로 그에게 해명할 기회를 주지도 않고 무조건 형벌을 가하여 자백하도록 하였습니다. 무송은 일이 이상하게 돌아가자 일단 자백하였고, 목숨을 건질 수 있었습니다.

주(恩州)의 노성으로 유배형을 내렸다. 무송은 다시 두 명의 호송관원과 함께 맹주성을 떠났다. 무송이 성문을 나와 얼마쯤 갔을 때 옆에 있던 주점에서 시은이 달려나왔다. 무송이 보니 시은의 손에 상처가 있고, 머리는 붕대로 감겨져 있었다.

"아니 무슨 일이 생긴 것인가?"

"얼마 전 장문신이 장정들을 이끌고 찾아와 저를 이렇게 만들어 놓고 주점도 다시 빼앗아갔습니다. 그래서 요즘 집에서 치료를 받고 있었는데 오늘 도두께서 은주로 떠나신다는 말을 듣고 옷가지와 술을 가지고 이렇게 나온 것입니다."

시은은 호송관원들에게 잠시 주점에 들어가 함께 술을 마시자고 청하였으나 이미 장문신의 돈을 받은 그들은 그저 무송의 등을 떠밀며 서둘러 길을 나서려고 하였다.

시은은 할 수 없이 술 두 사발을 떠서 무송에게 먹이고 가져온 보따리를 그의 허리에 묶어 주며 말하였다.

어린이 여러분, 장문신의 행동에 여러분도 화가 나죠? 사실 지금 우리가 살고 있는 이 사회에서도 어떤 사람들은 옳고 그름을 떠나 무조건 폭력과 권세로 다른 사람을 제압하려 합니다. 우리는 반드시 행동으로 그들을 반대하고 미워하며 배척하여야 합니다.

"몸조심하십시오. 저 두 사람이 나쁜 마음을 품고 있는 듯하니 반드시 조심하셔야 합니다!"

무송이 고개를 끄덕였다.

"나도 알고 있네. 아우님도 몸조심하고, 다음에 만날 기회가 있을 것일세!"

관원들이 무송을 끌고 계속 길을 재촉하였다. 그들이 한 오 리쯤 걸었을 때 두 관원이 낮은 소리로 무언가 이야기를 주고받았다.

"왜 아직 그 두 사람이 보이지 않지?"

무송은 그 말을 듣고 속으로 비웃으며 생각하였다.

'나를 어찌할 모양인데 어디 한번 두고 보자.'

그들이 다시 오 리쯤 걸었을 때 갑자기 앞에 칼을 찬 두 사내가 나타났다. 그들은 두 관원이 무송을 데리고 걸어오는 것을 보고 앞으로 나와 맞이하였다. 그들 네 사람은 함께 길을 걸으며 서로 눈짓을 하고 신호를 보냈다. 무송은 못 본 척하며 가던 길을 계속 걸었으나 마음속으로는 정신을 바짝 차리고 그들의 행동을 주시하였다.

잠시 후 그들은 황폐한 한 포구에 도착하였다. 포구 주변은 잡초가 무성하였고, 다리 위에는 '비운포(飛雲浦)'라는 글이 써 있었다. 무송이 일부러 그들에게 말을 걸었다.

"여기가 어디요?"

두 관원은 퉁명스럽게 대꾸하였다.

"눈이 먼 것도 아닌데 여기 써있는 것을 보면 될 것 아니야!"

무송은 다리 위로 올라가 갑자기 걸음을 멈추었다.

"이제 그만 헤어지고 싶군!"

칼을 든 두 사내는 눈치 빠르게 무송에게 달려들었다. 무송은 그 순간 몸을 돌려 발길질로 그 중 한 명을 물 속에 처박았다. 그러자 다른 한 사내가 도망을 치려고 하였다. 무송은 재빨리 오른발을 날렸고, 사내는 '풍

덩' 하는 소리와 함께 강물로 떨어졌다.

그 광경을 보고 두 관원은 깜짝 놀라 다리 아래로 도망쳤다. 무송은 고함을 지르며 머리에 쓴 형틀을 비틀어 두 동강을 내고 그들의 뒤를 쫓아갔다. 그 중 한 명은 겁에 질려 제대로 걷지도 못하고 바닥에 넘어져버렸다.

무송은 달려가 앞에 가는 관원을 잡아 주먹으로 때려눕힌 후 강물 속에서 칼을 건져 관원을 죽였다.

이때 물에 빠졌던 두 사내가 간신히 물에서 나와 도망치려고 하였다. 무송이 강가로 달려가 먼저 한 명을 단칼에 처치하자 다른 한 명은 겁에 질려 무릎을 꿇고 살려달라고 애원하였다. 무송이 그에게 다가가 소리쳤다.

"솔직히 말해! 누가 널 보냈지?"

"소인은 장문신의 제자입니다. 사부님과 장단련께서 저희 두 사람을 보내 무도두님을 죽이라고 하였습니다."

사내는 떨리는 목소리로 대답하였다. 그러자 무송이 다시 물었다.

"너의 사부 장문신은 지금 어디에 있느냐?"

"사부님과 장단련께서는 모두 장도감 댁의 원앙루에서 술을 드시며 저희들의 소식을 기다리고 계십니다."

"그렇다면 네놈도 살려 둘 수 없다!"

무송은 칼을 들어 그를 단숨에 죽인 뒤 그 길로 맹주성을 향해 달렸다. 무송이 다시 맹주성으로 돌아왔을 때는 이미 해질녘이었다. 무송은 장도감의 집 후원 담벼락 밑에서 걸음을 멈추었다. 그곳에는 마구간이 있었다. 마구간을 돌아가면 바로 후원으로 통하는 길이 있었으므로 그는 몸을 재빨리 움직여 마구간 안으로 들어갔다. 그때 갑자기 한 마부가 안으로 들어와 말에게 먹이를 준 뒤 이부자리를 펴고 그곳에 누워 잠을 자려고 하였다. 무송은 조용히 문 쪽으로 걸어갔다. 인기척을 들은 마부는 벌떡 일어나 소리쳤다.

"어느 간 큰 도둑놈이 감히 이 어르신이 잠들기도 전에 말을 훔치려고 들어온 것이냐?"

무송은 마부 때문에 일을 망칠까 두려워 재빨리 그를 죽여버린 후 담을 넘어 후원으로 들어갔다. 무송은 도감의 집에서 기거한 적이 있으므로 그 집의 구조에 밝았다. 그는 달빛을 불빛 삼아 한 걸음씩 조심스럽게 원앙루 아래로 다가갔다.

원앙루에 가까이 가자 장문신의 목소리가 들려왔다.

"도감상공의 덕택에 소인의 원수를 갚게 되었습니다. 감사합니다. 상공의 은혜에 반드시 보답하겠습니다."

"내 형제인 장단련의 부탁이 아니었다면 누가 이런 일을 하겠는가? 그런데 시간이 벌써 많이 늦었는데 왜 아직 아무런 소식이 없는 거지?"

"네 놈이나 보냈는데 걱정할 게 뭐 있겠나? 아마 지금쯤 무송은 벌써 죽었을 것이네!"

장단련이 자신만만하게 말하였다. 무송은 화가 치밀어 올라 더 이상 듣고 있을 수가 없었다. 무송은 원앙루로 뛰어 올라갔다. 세 사람은 무송을 보고 소스라치게 놀랐다. 제일 먼저 장문신이 자리에서 일어서며 무송의 칼을 피하려고 하였으나 그의 칼은 벌써 선을 그으며 내려와 장문신을 베어버렸다. 장도감은 미처 피하지도 못하고 무송의 칼에 맞아 두 동강이 났다.

장단련은 비록 술은 마셨지만 역시 무관 출신이라 힘이 넘쳤다. 그는 무송이 이미 두 사람을 죽여버린 것을 보고 자신도 그의 손아귀에서 벗어날 수 없다는 것을 느꼈다. 그는 옆에 있던 의자를 들어 무송에게 던졌

청군입옹(請君入甕 : 어서 항아리에 들어가시오) : 무칙천이 정권을 장악하였을 당시 내준신(來俊臣)에게 명하여 가혹한 관리인 주흥(周興)을 신문하여 그의 죄상을 낱낱이 밝히라 하였습니다. 그리하여 내준신이 일부러 주흥에게 찾아가 교활한 죄인을 신문하는 방법을 가르쳐 달라고 하자, 주흥은 그에게 끓는 가마솥에 넣는다고 하면 모두 자백할 것이라고 말해주었습니다. 결국 내준신은 주흥이 가르쳐준 방법으로 그를 신문하여 죄를 자백 받았습니다.

장도감도 당시 무송을 자신의 집으로 데려와 함께 살게 한 일이 훗날 무송이 쉽게 복수하도록 도와준 격이 될 줄은 생각지도 못했을 것입니다.

다. 그러나 무송은 피하기는커녕 의자를 받아 다시 장단련에게 던지자 그는 휘청하며 쓰러져 버렸다. 무송은 재빨리 그에게 다가가 그의 목을 베어버렸다.

세 사람을 모두 죽인 무송은 사발에 술을 가득 부어 연거푸 서너 잔을 들이킨 다음 시체의 옷을 찢어 죽은 자들의 피를 묻힌 후 하얀 벽에 큰 글씨를 썼다.

'살인을 한 자는 호랑이를 때려잡은 무송이다.'

무송은 글을 남긴 뒤 자신의 칼을 챙겨 원앙루를 나갔다. 그는 원수를 갚은 것에 대해 매우 만족해하며 길을 떠났다.

성문 앞에 도착한 무송은 굳게 닫혀 있는 성문을 보고 만약 날이 밝아 성문이 열릴 때까지 기다린다면 붙잡히게 될지도 모른다고 생각하여 성을 넘기로 결심하였다. 다행히 맹주는 작은 고을이라 토성이 그리 높지 않아 뛰어넘기에 수월하였다. 무송이 펄쩍 뛰어 성을 넘자 성벽 밖에 있는 냇물에 발이 닿았다. 그는

옛날에는 한 도시를 건축할 때 사방에 높은 성벽을 쌓아 올렸습니다. 또한 성문 위에는 전망대와 같은 누각을 지었고, 성벽 밖에는 성을 보호하기 위한 수로를 만들어 놓았습니다.
무송이 수로에 빠졌으나 물이 말라 그다지 깊지 않았으므로 걸어서 물을 건너갈 수 있었던 것입니다.

殺人者打虎
武松

천천히 냇물을 건너갔다. 그가 냇물을 건너 맞은편에 도착하자 성안에서 사경(오전 1시부터 3시)을 알리는 종소리가 울려 퍼졌고, 날은 아직 완전히 밝지 않았다.

무송은 작은 오솔길을 따라 동쪽을 향해 걸었다. 힘든 하루를 보낸 무송은 갑자기 피로가 몰려와 견딜 수가 없었다. 무송은 숲속에 한 낡은 절이 보이자 서둘러 절 안으로 들어가 칼을 내려놓고 잠을 청하였다. 이때 갑자기 절 문이 열리면서 장정 네 명이 들어와 다짜고짜 무송을 잡아 굵은 밧줄로 묶어 버렸다.

그들 네 명은 무송의 보따리를 빼앗고 그를 끌고 한참을 걸어 어느 작은 초가집으로 들어가 기둥에 단단히 묶어 놓았다.

그 중 한 사내가 안에 대고 소리쳤다.

"형님, 형수님, 빨리 나와 보십시오! 저희들이 살찐 양을 잡아왔고 돈도 꽤 많이 가져왔어요!"

잠시 후 안에서 한 여인과 건

장한 남자가 나왔다. 여인은 무송을 보고 깜짝 놀랐다.

"아니, 무도두가 아니신가?"

그러자 남자도 다가와 그를 자세히 살폈다.

"정말 아우님이 아닌가!"

알고 보니 그들은 다름 아닌 장청과 손이랑이었다. 장청은 재빨리 무송을 기둥에서 풀어주었다. 손이랑은 어떻게 된 것인지 영문을 몰라 어리둥절하였다.

"무도두께서 어찌하다 이 모양이 되었소?"

"휴, 말하자면 깁니다!"

무송은 자신이 맹주에서 겪었던 일들은 모두 말해 주었다.

네 명의 장정들은 무송의 말을 듣고 바닥에 엎드려 용서를 구하였다.

"우리는 노름을 하다가 돈을 잃고 돌아가던 중 어르신께서 절로 들어가는 것을 보고 돈 벌 욕심에 태산을 몰라보고 일을 저질렀습니다. 용서해 주십시오!"

그러자 장청 부부가 웃으며 말하였다.

"다행이 우리 아우님께서 너무 피곤해 잠이 들었으니 망정이지 아니면 너희 넷이 아니라 사십 명이 덤벼든다 하더라도 모두 꼼짝없이 당했을 것이야!"

장청은 새 옷을 무송에게 주어 갈아입게 하고 풍성한 식사와 술을 대

접한 후 말하였다.

"아우님, 안심하고 이곳에서 며칠 묵으며 조용해질 때까지 기다리게!"

며칠 후 장청은 맹주성으로 사람을 보내 그곳의 동정을 살펴보라 하였

다. 얼마 후 맹주성에 다녀온 하인이 말하였다.

"지금 맹주성에는 관군들이 집집마다 돌아다니며 무도두님의 행방을 찾느라 혈안이 되어있습니다. 게다가 무도두님을 잡는 자에게는 거금 삼천 관을 상금으로 내린다고 합니다. 그리고 무도두님을 숨겨주는 사람은 같은 죄로 다스리겠다고 합니다!"

장청은 그의 말을 듣고 무송에게 말하였다.

"아우님, 지금 관아에서는 자네를 잡으려고 혈안이 되어 있네. 만약 일이 잘못되어 잡히는 날에는 큰 봉변을 당할 것이야. 내가 겁이 나서 자네를 숨겨주지 않으려고 하는 말이 아니라 아무래도 안심하고 머물 수 있는 곳으로 떠나야 할 것 같네. 자네 의향은 어떠신가?"

"요 며칠 저도 그런 생각을 하였습니다. 이곳에 계속 숨어 있는 것은 너무 위험할 것 같습니다. 내 한 몸 의탁할 곳이 있다면 어디인들 가지 못하겠습니까?"

"좋네. 그렇다면 내 말함세. 청주 경내에 이룡산이란 곳이 있는데 그곳의 두 두령은 바로 화화상 노지심과 청면수 양지일세. 얼마 전 그들은 몇백 명의 졸개들을 거느리고 그곳에 뿌리를 내렸다네. 요즘은 청주성의 관군들도 그곳을 넘보지 못한다고 들었으니 아우님께서 그곳으로 가면 안심하고 살 수 있을 것일세. 내가 편지를 한 장 써주겠네. 그것을 가지고 가면 그들이 내 체면을 봐서라도 자네를 내치지는 않을 것일세."

장청은 즉시 종이와 붓을 꺼내 편지를 써서 무송에게 주었다.

제 16 장 무송, 원앙루에서 원한을 씻다

"지금 당장 짐을 싸서 떠나겠습니다!"

"이렇게 하고 나가면 금방 잡힐거요!"

손이랑이 무송을 잡으며 말하였다.

"형수, 내가 왜 잡힌다는 게요?"

"지금 관아에서 각처에 현상금을 삼천 관씩이나 건데다가 범인의 인상을 그린 방까지 여기저기 붙혀놓았어요. 게다가 얼굴에 금인(金印)까지 있잖아요!"

"그럼 얼굴에 고약을 부치면 되겠군!"

장청이 제안하였다. 그러자 손이랑이 웃으며 말하였다.

"그 방법은 세 살배기 어린아이가 아니라면 아무도 속지 않을 것입니다. 내게 좋은 방법이 있는데 아우님께서 내 말대로 할지 모르겠어요."

"무사히 도망칠 수만 있다면 무엇인들 못하겠습니까? 말씀하시오!"

"이 년 전에 내가 약을 탄 술을 먹여 죽인 중이 있는데 그의 물건들을 내가 아직 가지고 있으니 그 승복을 입고 쇠로 만든 띠를 쓰고, 목에는 염주를 걸고 그의 도첩과 계도를 가지고 가면 아무도 의심하지 않을 것이오.

아우님과 그 중의 연배가 비슷하니 그의 도첩을 가지고 그의 이름을 쓴다면 감히 어느 누가 아우님을 검문하겠어요?”

무송은 그녀의 말을 듣고 잠시 생각하더니 말하였다.

“좋은 방법이긴 하지만 남보기에 나는 출가한 사람 같지가 않을 것입니다.”

“그건 문제없어요. 내가 출가한 사람처럼 보이게 꾸며 줄게요. 그리고 머리를 좀 잘라서 얼굴의 금인을 가리면 감쪽같을 거에요.”

손이랑은 죽은 중의 물건들을 모두 가지고 나와서 장청과 함께 무송을 완벽한 승려의 모습으로 바꾸어 놓았다. 무송이 자신의 모습을 거울에 비춰보고 큰 소리로 웃었다.

“정말 출가한 사람 같습니다!”

그날 밤 무송은 저녁 식사를 마치고 계도와 짐을 들고 이룡산으로 출발하였다. 장청은 노자를 마련하여 그에게 주며 신신당부하였다.

“아우님, 부디 매사에 조심하게. 제발 술 좀 적게 마시고 남에게 시비를 걸지 말게. 그리고 일

무송이 출가한 사람으로 변장하였으면 행동 또한 출가한 사람처럼 술을 마시지 않고 고기를 먹지 말아야 합니다. 그렇지 안으면 다른 사람의 의심을 살 게 분명하니까요. 우리는 자신이 어떠한 역할이나 일을 맡게 되었을 때 그것에 충실하게 행동하여야 할 것입니다.

겨수 일투족을 출가한 사람처럼 행세해야 하네. 무사히 이룡산에 도착하

거든 꼭 편지하고 두 두령에게 안부를 전해주게!"

무송은 미소를 머금으며 대답한 후 십자파를 떠났다.

무송은 열흘 넘게 걸었다. 그러나 가는 곳마다 무송을 잡아들이라는

벽보가 걸리지 않은 곳이 없었다. 그러나 무송은 이미 출가한 행자로 변

장하였기 때문에 아무도 그를 검문하지 않았다.

매우 추운 어느 날, 언덕을 하나 넘자 주점이 보였다. 무송은 술로써

추위를 쫓기 위해 주점으로 들어갔다.

"주인장, 여기 술과 고기를 좀 주시오!"

"술은 좀 있습니다만 고기는 다 팔고 없습니다."

무송은 할수 없이 술을 따끈하게 데워 달라 하였고, 나물 한 접시를 안

주 삼아 술을 마셨다.

그는 순식간에 술을 다 마셔버렸다. 무송은 아직도 성이 차지 않아 다

시 술을 더 가져오라고 하였다. 그러나 술을 아무리 마셔도 배에서는 여

전히 '꼬르륵' 하는 소리가 들렸다. 무송은 다시 주인을 불렀다.

"주인장, 정말 고기가 없소? 식구들이 먹던 것이라도 있으면 가져오시

오. 내 돈을 다 쳐주겠소!"

"정말 없습니다. 돈 아니라 금덩이를 주신다 하더라도 없는 것을 어찌

하겠습니까?"

잠시 후 한 사내가 졸개 서너 명을 데리고 주점 안으로 들어왔다. 그러자 주인이 반갑게 맞았다.

"나으리, 이쪽으로 앉으시죠!"

"내가 부탁한 것은 준비되었나?"

"그럼요. 벌써 준비해 놓고 나으리께서 오시기만을 기다렸습니다."

"좋아. 그럼 술 한 항아리와 함께 어서 내오게!"

잠시 후 주점 주인은 청화옹주를 가져와 하얀 양동이에 붓고, 주방에서 잘 익은 닭 한 마리와 소고기 한 접시를 내왔다.

무송은 좋은 술 냄새와 고기 냄새를 맡으니 목이 간질간질해지는 것을 느꼈다. 그러나 자신이 앉아있는 탁자 위에는 술과 나물 한 접시 밖에 없었고 슬슬 화가 났다.

"주인장, 사람을 업신여기는 것도 분수가 있지. 좋은 술과 고기가 있으면서 왜 내게는 안 파는 게요?"

그러자 주점 주인이 황급히 다가와 설명하였다.

"그게 아니니 언짢아하지 마십시오! 저 청화옹주와 고기는 모두 저 나으리께서 직접 집에서 가져오신 것이고, 저는 그저 장소만 빌려드리는 것입니다."

그러나 무송은 주인의 말을 들으려 하지 않았다.

"쓸데없는 수작 말아라. 내가 언제 공짜로 먹겠다고 했느냐? 이 어르신도 돈이 있단 말이야!"

"출가까지 하신 스님이 왜 이렇게 억지를 부리십니까요!"

무송은 그의 말을 듣고 더욱 화가 나서 다짜고짜 주점 주인의 뺨을 올려쳤다. 주인은 휘청하더니 벽에 몸을 부딪히고 넘어졌다.

그러자 옆 탁자에 앉아있던 남자가 벌떡 일어나 화를 내며 무송에게 말하였다.

"살다살다 너처럼 야만적이고 경우가 없는 중은 처음이다. 중이 어찌 사람까지 치느냐!"

무송은 탁자를 밀면서 소리쳤다.

"이봐! 지금 나한테 하는 말이냐?"

"그렇다! 왜? 나와 싸워볼테냐?"

남자는 즉시 문 쪽으로 나갔다. 무송도 그를 따라갔다. 두 사람은 치고

어린이 여러분, 무송의 행동이 과연 옳은 행동이었을까요? 여러분은 모두 그의 행동이 옳지 못한 것이라고 생각하고 있을 것이라 믿습니다.
세상의 모든 물건은 내가 갖고 싶다고 해서 모두 가질 수 있는 것이 아닙니다. 반드시 정당한 방법으로 물건을 얻어야만 합니다. 만약 갖고 싶은 물건을 얻기 위해 무력을 사용하여 해결하거나 목적을 달성한다면 절대 옳은 일이 아닙니다.

막으며 싸우기 시작하였다. 남자는 무송을 들어서 던지려고 하였으나 무송의 괴력을 당할 수가 없었다. 무송은 그를 마치 어린아이 다루듯 마음대로 밀었다 제쳤다 하였다.

그를 따라 온 졸개들은 그 광경을 보고 놀라 멍하니 구경만 할 뿐 어느 누구도 앞으로 나서지 못하였다. 무송은 남자를 잡아 일으켜 두 손으로 번쩍 들어 주점 옆에 있는 개천에 내던졌다. 졸개들은 그제서야 재빨리 개천으로 들어가 남자를 끌어올린 후 그를 부축하고 남쪽으로 도망쳤다.

그러자 무송은 다시 주점으로 들어와 한 상 가득 놓인 술과 고기를 보고 큰 소리로 웃으며 말하였다.

"네놈들이 모두 도망쳤으니 이 진수성찬은 내 몫이 되겠구나!"

그는 순식간에 탁자 위에 놓인 술과 고기를 먹어치웠다.

무송은 술과 고기를 실컷 먹은 후 주점을 나서 개천을 따라 비틀거리며 앞으로 나아갔다. 그가 대략 오 리쯤 갔을 때 갑자기 길가의 토담 안에서 누런 개 한 마리가 뛰쳐나와 그를 보고 몹시 짖어댔다.

무송은 개가 성가시게 느껴지자 계도를 꺼내어 개를 쫓아갔다. 개는 무송이 쫓아오자 개천을 따라 도망치면서도 뒤를 보며 짖어댔다. 무송은 화가 나 칼을 빼들고 개를 내리쳤으나 취중이어서 그런지 중심을 잃고 개천으로 미끄러져 넘어졌다.

무송은 온몸이 물에 젖어 몹시 추웠다. 그가 간신히 몸을 일으켜 정

신을 차리고 보니 계도가 물 속에 빠져있었다. 그는 다시 허리를 굽혀

계도를 건지려고 하였으나 다시 넘어졌고, 이번에는 쉽게 일어나지 못

하였다.

  그때 개천 위에 두 사내가 나타났다. 그들은 몽둥이를 들고 있었고

뒤로 이삼십 명이 넘는 사람들

이 그들을 따르고 있었다. 앞장 선

사내는 바로 주점에서 무송에게 맞은 그 남자였다. 그는 무송을 가리키며 말하였다.

"바로 저 중놈이 나를 쳤습니다! 형님, 우리 저 놈을 잡아 집으로 데려갑시다!"

졸개들이 달려들어 무송을 물 속에게 꺼냈다.

무송은 술에 취하였을 뿐만 아니라 온 몸이 물에 젖어 오한을 느끼고 있던 터라 그들에게 대항할 힘이 없었다. 그는 사내들에게 끌려 담장이 높은 큰 저택으로 들어갔다.

그들은 무송을 끌고 정원으로 들어가 큰 버드나무에 묶고 난 뒤 하인들에게 소리쳤다.

"뜨거운 맛을 봐야 정신을 차릴 듯 하니 빨리 가서 채찍을 가져오너라!"

그들이 무송에게 매질을 하고 있을 때 안채에서 한 남자가 나오면서 물었다.

"웬 사람을 잡아다 그렇게 때리는가?"

"사부님께 아룁니다. 오늘 제

가 몇몇 사람들을 데리고 저 앞에 있는 주점에 가서 술을 마시고 있는데 이 중놈이 괜히 시비를 걸어 와 저를 때리고 개천에 던지는 바람에 하마터면 물에 빠져 죽을 뻔하였습니다. 제가 집으로 돌아와 옷을 갈아입고 다시 주점으로 가 보니 우리의 술과 음식을 다 먹고 술에 취해 개천에 쓰러져 있기에 저희들이 끌고 와서 나무에 묶어놓고 혼을 내주는 참이었습니다. 그리고 제가 보기에 이놈은 출가한 행자가 아닌 듯 합니다. 저 얼굴에 금인을 보십시오. 아마도 큰 죄를 짓고 도망치는 죄인이 틀림없을 것입니다!"

"그만 채찍을 거두게. 내 보기에 그리 나쁜 사람 같지는 않으니 어디 좀 보세."

남자는 무송에게 다가와 보고는 깜짝 놀라며 소리쳤다.

"아니, 무송이 아닌가? 빨리 이 밧줄을 풀게나!"

이때 무송은 이미 술이 다 깨어 있었다. 그는 눈을 뜨고 남자를 바라보았다.

"형님이 어찌 이곳에 계십니까?"

무송을 잡아 온 두 사내는 깜짝 놀라며 물었다.

"이 사람이 사부님의 형제입니까?"

"그가 바로 내가 자네들에게 자주 말하던 호랑이를 때려잡은 무송일세."

두 사내는 그의 말을 듣고 재빨리 무송을 풀어준 다음 깨끗한 옷을 갈

아입히고 초당으로 모셨다. 무송은 따뜻한 국을 마시고 나자 얼었던 몸
이 점점 풀리는 듯 하였다.

　"형님은 시대인의 저택에 계시지 않았습니까? 어찌하여 이곳에 계신
겁니까?"

　그는 다름 아닌 운성현의 송강이었다. 당시 무송은 바로 시진의 집에
서 송강과 헤어졌다.

"그때 자네가 떠나고 나는 반 년 넘게 시대인 댁에 머물러 있었다네. 그런데 고향에 계신 아버님이 걱정되어 내 아우인 송청에게 먼저 고향으로 돌아가라고 하였지. 그 후 마침 공태공(孔太公)께서 소식을 듣고 나를 불러 이곳에 오게 되었네. 이 집이 바로 공태공 댁이야. 그리고 저 뒤에 보이는 산이 백호산이라네. 아까 자네를 때린 사람은 공태공의 작은 아드님이시라네. 성격이 급하여 종종 사람들과 다투는 일이 많아 모두들 그를 촉화성(燭火星) 공량(孔亮)이라 부르지. 다른 한 사람은 공태공의 큰아드님으로 모두성(毛頭星) 공명(孔明)이라네. 두 사람 모두 무술을 좋아하여 내가 좀 가르치고 있는 중이라 나를 사부라고 부른다네. 내가 시대인 댁에 있을 때 자네가 호랑이를 잡았다는 얘기를 들었지. 그 후 자네가 양곡현의 도두가 되었다는 말도 들었고, 그리고 또 서문경을 죽인 일도 들었는데 그 뒤로는 자네의 소식을 통 들을 수가 없었네. 그런데 어찌하여 이런 복장을 하고 다니는 것인가?"

무송은 한숨을 내쉬었다.

"말하자면 깁니다."

무송은 송강과 헤어진 후 일 년 넘게 자신이 겪은 일들은 모두 얘기하였다.

그러자 곁에 있던 공명과 공량이 크게 놀라 무송에게 절을 올렸다. 무송은 황망히 답례를 하며 말하였다.

174

"미처 두 공자님을 몰라 뵙고 그만 실수하였으니 용서하십시오!"

"우리가 코앞의 태산을 몰라 뵈었습니다. 부디 용서하여 주십시오."

"그리고 공자님들께서 번거롭겠지만 제 도첩과 편지, 보따리, 옷 등은 버리지 마시고 좀 말려 주십시오!"

"걱정하지 마십시오! 제가 벌써 하인들에게 일러두었습니다. 모두 정리가 되는대로 가져다 드리겠습니다."

그날 밤 송강은 무송에게 함께 자자고 청하였다. 두 사람은 밤늦도록 그간 있었던 일들을 이야기하였다. 두 사람은 다시 만나게 된 것을 매우 기뻐하였다.

다음 날 송강은 무송에게 앞으로의 계획을 물었다.

"장청의 편지를 들고 이룡산의 화화상 노지심을 만나러 갈까 합니다. 머지 않아 장청도 이룡산으로 올 것이라고 합니다."

"나는 청풍채의 소이광 화영이 그리로 오라고 자주 편지를 하니 그곳으로 가볼까 생각하네. 청풍채는 이곳에서 그리 멀지 않으니

자네도 나와 함께 가는 것이 어떻겠나?"

"형님의 말씀은 고맙습니다. 허나 제가 출가한 사람처럼 변장을 했다고는 하나 그래도 만약 다른 사람의 의심을 산다면 형님까지도 위험해지지 않겠습니까? 제 죄가 너무도 크니 이룡산으로 가는 것이 좋을 것 같습니다!"

"자네가 그리 결심했다면 억지로 권하지는 않을 테니 나와 함께 이곳에 며칠 더 있다가 떠나게나!"

그리하여 송강과 무송은 열흘 넘게 공태공의 집에서 함께 지낸 후 두 사람 모두 공태공에서 작별을 고하고 각자 길을 떠났다. 공태공은 더 이상 그들을 잡지 못하고 연회를 열어 주었고 오십 냥을 내놓으며 여비에 쓰라고 하였다.

공명과 공량 두 형제는 이십 리 밖까지 따라 나와 그들을 배웅하였다.

송강과 무송은 이야기를 나누며 길을 걸었다. 이틀째 되던 날 그들은 서룡진(瑞龍鎭)이란 마을에 도착하였고, 삼거리가 나타났다. 송강은 마을의 한 노인에게 물었다.

"우리는 이룡산과 청풍채로 가려고 하는데 어디 길로 가야 합니까?"

"이룡산을 가려면 서쪽 길로 가고, 청풍채는 동쪽으로 가야 하는데 청풍산을 넘으면 바로 청풍채가 나올 것이오."

송강이 무송에게 말하였다.

"보아하니 우리는 이곳에서 그만 헤어져야 할 것 같네."

송강은 매우 아쉬워 눈물을 흘리며 말을 이었다.

"아우님, 이제 정말 작별일세. 내 자네에게 몇 가지 당부할 게 있네. 이룡산에 가거든 부디 술을 많이 마시지 말고 너무 조급해 하지 말게. 만약 다행히 조정의 사면을 받게 되거든 노지심, 양지와 함께 돌아와 나라에 공을 세워 청사에 길이 좋은 이름을 남길 수 있도록 해야 하네!"

17

송강, 청풍채로 피신하다

송강은 서룡진에서 무송과 헤어져 동쪽에 있는 청풍채로 향해 길을 재촉하였다. 열흘 정도 지나자 저 멀리 높은 산이 보였다. 산에는 숲이 울창하여 경치가 아름다웠다. 송강은 경치를 감상하며 걷다보니 해가 어느덧 저물어 가고 있었다. 송강은 마음이 불안하였으나 아무리 둘러보아도 인가가 보이지 않아 할 수 없이 계속 동쪽을 향해 걸었다.

그가 정신없이 앞으로 가는데 갑자기 다리에 무엇인가 걸리면서 앞으로 넘어지고 말았다. 그때 숲속에서 난데없이 방울 소리가 요란하게 울리더니 십여 명이 달려나와 보따리를 빼앗고 그를 밧줄로 묶어 산채로 끌고 갔다.

알고 보니 청풍산에는 세 명의 두령이 산채를 지키며 살고 있었다. 첫째 두령은 금모호(錦毛虎)란 별칭을 가지고 있는 연순(燕順)이었고, 둘째 두령은 키가 작아 왜각호(矮脚虎)란 별칭을 가지고 있는 왕영(王英)이었

180

고, 셋째 두령 정천수(鄭天壽)는 얼굴이 희고 깨끗하여 사람들은 그를 백
면낭군(白面郎君)이라 불렀다.

한편 이 세 두령은 산채에서 술을 마시며 이야기를 나누고 있었다. 갑
자기 졸개들이 한 남자를 끌고 와 보고하였다.

"두령님, 이놈이 조금 전 저희들이 만들어 놓은 덫에 걸려 넘어지기에
잡아왔습니다. 보따리 안에는 돈도 많이 들어있습니다!"

연순은 송강을 한번 힐끗 보고 말하였다.

"잘했다. 돈은 창고에 가져다 놓고 저 놈은 너희들이 알아서 처리해라!"

송강은 그의 말을 듣고 한숨을 쉬며 말하였다.

"휴, 이 송강이 여기서 이렇게 허무하게 죽다니……."

연순은 귓결에 '송강'이란 말을 듣고 졸개를 멈춰 세웠다.

"이보슈! 당신이 송강을 아시오?"

"내가 바로 송강이오!"

연순은 즉시 자리에서 뛰어내려와 그에게 다시 물었다.

"어디 사는 송강이오?"

"나는 제주 운성현에서 압사를 지낸 송강이오."

연순은 깜짝 놀라며 말하였다.

"그럼 당신이 바로 염파석을 죽인 급시우 송공명이란 말입니까?"

송강은 '장의소재(仗義疏財)'란 명예스런 이름으로 위험을 모면할 수 있었습니다. 장의소재란 의를 중하게 여기고 자신의 재물을 내어 다른 사람을 돕는다는 뜻입니다.

수호지에서 장의소재란 미명을 가지고 있는 사람은 송강 외에도 소선풍 시진이 있습니다. 임충, 송강, 무송 등 많은 사람들이 그의 도움을 받았습니다. 그리하여 그는 '소맹상군(小孟嘗君)'이란 이름도 가지고 있습니다.

그러자 송강도 놀라며 말하였다.

"당신이 어찌 나를 아시오?"

연순은 그의 말을 듣고 즉시 칼을 들어 송강의 묶은 줄을 끊은 다음 그를 대청 가운데 있는 호피 의자에 앉히더니 왕영, 정천수와 함께 그에게 절을 하였다.

송강은 황급히 답례를 하며 말하였다.

"세 분 장사께서는 왜 나를 죽이지 않고 오히려 이렇게 정중히 대해주시는 게요?"

"제가 강호를 떠돌며 형님께서 항상 의를 중히 여기시고 어려움에 처한 사람들을 돕는다는 말을 많이 들었습니다. 그러나 그동안 인연이 없어 만나뵙지 못하였는데 오늘 이렇게 모시게 되어 너무 기쁩니다!"

연순은 그 즉시 졸개들에게 명하여 밤새도록 연회를 즐길 수 있도록 준비하라 하였다. 술자리에서 무송은 자신이 조개를 구해 준 이야기, 염파석을 죽인 이야기, 그리고 호랑이를 때려잡은 무송의 일까지 모두 말해 주었다. 연순 일당은 그의 말을 듣고 발을 동동 구르며 말하였다.

"정말 안타깝습니다! 무도두께서도 이곳에 오셨으면 얼마나 좋았겠습니까!"

그들은 이렇게 밤새도록 이야기를 나누며 술을 마셨고, 오경(새벽 3시부터 5시)이 되어서야 송강은 방으로 들어가 쉴 수 있었다.

다음 날 송강이 청풍채로 떠나려 하자 세 명의 두령은 그를 잡고 놓아 주지 않았다. 송강은 할 수 없이 산채에 잠시 머물기로 하였다. 대엿새가 지나 이미 섣달 초순 무렵이 되었다.

그날 한 졸개가 달려와 산아래 가마 한 채가 지나가는데 성묘하러 가는 길인 것 같다고 말하였다. 왕왜호는 즉시 십여 명의 졸개들을 데리고 산을 내려갔다. 가마에는 한 젊은 부인이 앉아 있었다. 왕왜호는 그녀를 자신의 아내로 맞고 싶어하였으나 젊은 부인은 죽어도 그의 뜻을 따를 수 없다며 의지를 굽히지 않았다.

송강은 그 부인의 옷차림이 일반 백성들과 다른 것을 보고 물었다.

"부인은 어디에 사시며 산에는 왜 올라오셨소?"

그러자 젊은 부인은 송강에게 인사를 올린 후 수줍어하며 말하였다.

"저는 청풍채 지채(知寨)의 아내입니다. 오늘이 어머님 첫 제삿날이라 성묘하러 왔다가 저들에게 잡혀 이곳까지 오게 되었습니다!"

송강은 속으로 생각하였다.

'그럼 저 여인이 화지채의 아내란 말인가?'

송강이 다시 물었다.

"그럼 부인의 남편인 화지채께서는 왜 동행하지 않은 것이오?"

"저는 화지채 어른의 아내가 아닙니다. 지금 청풍채에는 문, 무 모두 두 명의 지채가 계신데 저는 문과 지채인 유고(劉高)의 아내입니다."

송강은 다시 생각하였다.

'저 여인의 남편이 화영과 동료 사이니 오늘 내가 저 여인을 구해주지 않는다면 훗날 내가 그곳에 갔을 때 어찌 그들을 편히 만날 수 있겠는가!'

그리하여 송강이 왕왜호에게 말하였다.

"아우님, 이 부인은 조정 관리의 아내이니 내 체면을 봐서 남편과 함께 살수 있도록 돌려보내게! 훗날 내 반드시 더 좋은 여인을 찾아 자네를 받들며 살게 해주겠네. 어떤가?"

왜각호는 마음이 내키지 않았다. 그러나 연순은 부인을 돌려보내고 싶어하는 송강의 마음을 알고 왜각호의 마음은 아랑곳하지 않고 부인을 산 아래에 데려다 주었다. 송강은 웃으며 왜각호를 위로하였다.

"너무 기분 나빠하지 말게. 이 형이 말한 것은 꼭 지키겠네!"

송강은 산채에 며칠 더 머물다가 세 두령과 헤어져 청풍채로 향하였다.

청풍채는 청풍진에 위치하고 있었다. 송강은 보따리를 들고 마을로 가서 길가는 사람에게 화지채가 사는 곳을 물었다.

"이 마을 중앙에 청풍채가 있고 남쪽에 있는 작은 집에는 문관인 유지채가 살고 있고, 북쪽에 있는 작은 집에는 무관인 화지채가 살고 계십니다."

그리하여 송강은 곧장 북채로 향하였다. 파수병의 보고를 받은 화영은 즉시 밖으로 달려나와 그를 맞아주었다. 그들은 함께 안채로 들어갔다. 송강은 그를 만나 얼마 전 유지채의 아내를 살려보낸 이야기를 화영에게 해주었다.

"형님께서 괜한 일을 하셨습니다! 그 유지채란 사람은 문관으로 별 다른 능력도 없이 백성들을 괴롭히고 뇌물에 눈이 먼 사람입니다. 그리고 그 부인은 더욱 심각하지요. 매일 같이 유지채를 부추겨 옳지 않은 행동만 일삼게 한답니다. 그녀가 잡혀갔다는 말을 듣고 나는 오히려 잘된 일이라고 생각하였습니다."

"원한을 맺기는 쉬우나 풀기는 어려운 일일세. 그들과 똑같은 사람이

"되면 쓰겠나!"

그 후 송강은 화영의 집에 머물었다. 시간은 쏜살같이 흘러 정월 대보름이 되었다. 화영은 세심한 군졸 세 사람을 골라 송강을 데리고 등 구경을 다녀오라고 일렀다. 집집마다 문 앞에 꽃등을 달아 놓았고 각양각색의 꽃등들이 장관이었다.

청풍채의 주민들은 정월 대보름을 경축하기 위하여 돈을 조금씩 모아 토지대왕묘 앞에 작은 거북산을 만들어 놓고 그 위에 화려한 꽃등을 수백 개나 걸어놓았다. 송강은 눈이 부시도록 아름다운 꽃등들을 구경하기에 정신이 없을 정도였다.

그때 갑자기 남쪽에서 왁자지껄한 소리가 들려왔다. 송강 일행이 다가가 보니 큰 대문 앞에 밝은 등불이 켜져 있고 한 떼의 사람들이 빙 둘러서있었다. 사람들은 그곳에서 다양한 묘기와 각종 전통 춤을 선보이고 있었다. 송강은 사람들 틈을 비집고 들어가 구경하며 큰 소리로 웃었다.

이때 유지채의 부인이 송강의 웃음소리를 듣고 그를 알아보았

다. 그녀는 손으로 송강을 가리키며 유고에게 말하였다.

"저기 키가 작고 얼굴이 까무잡잡한 남자 보이시죠? 저 사람이 바로 그날 청풍산에서 소첩을 강제로 납치한 도적떼의 두목이에요!"

유지채는 그녀의 말을 듣고 즉시 동행하고 있던 대여섯 명의 군졸들에게 송강을 체포하도록 하였다. 송강과 함께 등 구경을 하던 군졸들은 수적으로 불리하자 황급히 돌아가 화영에게 보고하였다.

송강은 유지채의 남채로 끌려갔다.

"네 이놈, 도적놈이 감히 마을로 내려와 등 구경을 하다니, 네 놈이야말로 간이 부은 놈이구나!"

"소인은 화지채의 친구입니다. 도적이 아닙니다."

그때 유지채의 아내가 뒤에서 나오며 말하였다.

"그날 산에서 네놈이 나를 아내로 삼으려고 하지 않았더냐? 감히 어디서 발뺌을 하려드는 게냐?"

"부인, 그날 제가 아니었다면 부인께서 어찌 돌아올 수 있었겠습니까? 그것을 벌써 잊으셨습니까?"

여자는 더욱 목청을 높여 소리쳤다.

"이 교활한 도적 놈, 뜨거운 맛을 보아야 사실을 말하겠느냐?"

유고는 즉시 군졸들에게 곤장을 치라고 명하였다. 불쌍한 송강은 살가죽이 찢어지고 피가 낭자하게 흘러 그 참혹한 모습은 눈으로 볼 수가 없

없다. 그러나 송강은 죄를 인정하지 않았다. 유고는 우선 그를 옥에 가두
기로 하였다.

한편 송강을 따라 등 구경을 나갔던 군졸들이 북채로 돌아가 이 사실
을 화영에게 보고하였다. 화영은 그들의 말을 듣고 깜짝 놀라며 즉시 편
지를 써서 송강을 풀어달라고 요구하였다. 유고는 그의 편지를 보고 갈
기갈기 찢으며 소리쳤다.

"화영, 조정의 관리라는 놈이 감히 도적과 결탁하여 나를 속이려 들어!"

그는 편지를 가져온 두 명의 군졸들을 내쫓아 버렸다. 화영은 보고를
듣고 즉시 오십여 명의 군졸들을 거느리고 유고의 집으로 달려갔다. 겁
에 질린 파수병들은 감히 길을 막지 못하였고 화영은 곧장 관사 앞으로
달려가 소리쳤다.

"유지채, 나 좀 봅시다!"

유고는 화영의 목소리를 듣고 무서워서 감히 나오지 못하고 안채로 숨
어버렸다. 화영은 그가 나오지 않자 군졸들을 시켜 안을 수색하라 하였
고, 마침내 피투성이가 된 채 들보에 매달려 있는 송강을 발견하고 우선
그를 집으로 데려가라고 명하였다.

곧이어 화영은 안에 숨어있는 유고가 들을 수 있도록 안에 대고 소리
쳤다.

"유지채, 친척 한 명 없는 집이 어디 있겠는가? 나의 형님을 도적으로

192

몰다니 너무 심하지 않는가! 내가 내일 다시 오겠네!"

말을 끝낸 후 그는 군졸을 데리고 집으로 돌아갔다.

유고는 화영이 송강을 데려간 것을 알고 황급히 새로 부임한 교두 두 명을 불러 이백 명의 군졸을 이끌고 화영의 집으로 가서 송강을 다시 잡아오라 명하였다. 그러나 그들은 화영의 적수가 되지 못하였다.

화영은 안채로 들어가 송강을 만났다. 송강이 말하였다.

"유고가 나를 잡지 못하였으니 내일은 분명 자네를 고발할 것이네. 아무리 생각해도 내가 오늘 밤 안에 청풍산으로 가서 몸을 숨기는 것이 좋을 것 같네."

화영도 동의하였다. 그리하여 송강은 날이 어두워지자 상처투성이인 몸을 이끌고 청풍산으로 향하였다.

유고는 두 명의 교두가 빈손으로 돌아오자 생각하였다.

'화영이란 놈이 사람을 데려갔으니 내가 위에 보고할 것을 염려하여 분명 오늘 밤 안으로 그 놈을 청풍산으로 도망시킬 것이

유고가 어떻게든 송강을 잡으려는 이유는 오로지 자신의 아내의 분을 풀어주기 위한 것만은 아닙니다. 그는 이 기회에 화영을 제거하려는 속셈이었습니다. 죄인 은닉과 도적과 결탁하였다는 죄명이면 충분히 화영을 제거할 수 있었고 그러면 청풍채는 자신이 독차지할 수 있었기 때문입니다.

야. 그러니 오늘 밤 건장한 놈들을 골라 청풍산 길목에 매복시켜야겠어. 만약 그 도적놈을 잡는다면 쥐도 새도 모르게 가둔 다음 지부에게 보고하고 이번 기회에 아예 화영까지 없앤다면 큰 근심거리를 하나 더는 셈이니 말이야!'

그날 밤 이경이 되자 군졸들은 정말 송강을 다시 잡아왔다. 유고는 매우 기뻐하며 말하였다.

"후원에 가두어라! 그리고 절대 소문나지 않도록 조심하여라!"

그는 즉시 안으로 들어가 편지를 써서 밤사이 청주부에 전하였다.

청주 지부 모용언달(慕容彦達)은 유고의 편지를 받아보고 크게 놀라며 생각하였다.

'화영이 정말 청풍산의 도적떼와 결탁했단 말인가? 이게 사실이라면 큰일이 아닌가? 하지만 진위를 알 수 없으니 무공이 뛰어난 사람을 파견하여 진상을 조사토록 해야겠군!'

그리하여 지부는 병마도감 황신(黃信)을 불렀다. 사람들은 황신을 진삼산(鎭三山)이라 불렀고 무공이 매우 뛰어난 사람이었다. 그는 지부의 명에 따라 오십여 명의 군졸들을 이끌고 청풍채로 향하였다. 유고는 황급히 달려나와 황신을 데리고 안채로 들어가 술상을 마련하여 그를 대접하였다. 술자리에서 황신이 유고에게 물었다.

"그 도적놈을 잡아 가둔 것을 화영이 알고 있소?"

"어제 밤 이경(밤 9시부터 11시) 무렵에 잡은 것이라 화영이 아직 모르고 있을 것입니다."

황신은 그의 말을 듣고 웃으며 말하였다.

"그렇다면 화영을 잡는 일도 그리 어렵지는 않겠소. 내일 아침 관청에 술상을 마련해 놓고 삼사십 명의 관군들을 매복시키시오. 그리고 나서 내가 직접 화영을 찾아가 지부께서 나를 파견하여 문관과 무관의 화목을 도모케 하는 큰 잔치를 연다하고 그를 초청하겠소. 그를 일단 대청으로 끌어들인 다음 술자리에서 내가 술잔을 던지면 그것을 신호로 화영을 잡으시오. 그러면 그 도적놈과 함께 주부로 압송하면 간단할 것 같소."

"정말 좋은 계략이십니다!"

유고는 그의 말을 듣고 손뼉까지 치며 기뻐하였다.

다음 날 유고는 계획대로 모든 준비를 하였다. 황신은 시종 두 사람을

> **작은 자료실**
>
> 사람들은 황신(黃信)을 진삼산(鎭三山)이라 부릅니다.
> 그는 무공이 뛰어나고 청주관아에 소속되어 있었는데 청주 관할에는 청풍산, 이룡산과 도화산이 있었습니다. 이 세 곳 모두 도적떼가 자주 출몰하는 곳이라 황신은 항상 자신이 이 세 곳의 도적떼들을 모두 소탕하겠다고 큰소리를 쳤습니다. 그래서 진삼산이란 호칭을 얻게 되었죠. 그러나 이번에 송강과 화영을 만나게 되었으니 과연 그가 진삼산이란 호칭을 계속 가질 수 있을지 모르겠습니다.

데리고 화영을 찾아갔다. 화영은 그가 왔다는 보고를 듣고 정중하게 맞으며 물었다.

"도감께서 무슨 일로 이곳까지 오셨습니까?"

"지부께서 청풍채에서 문무관료의 반목이 심각한 지경에 이르렀다는 말을 들으시고 나를 파견하여 두 사람을 화해시키라 명하셨습니다. 지금 나를 따라 유지채의 집으로 갑시다!"

두 사람이 대청에 들어서자 술자리는 이미 준비되어 있었다. 황신은 화영에게 술을 부어주었다. 화영은 함정에 빠진 것을 알지 못하고 술을 들어 한숨에 비워버렸다. 유고도 잔을 들어 황신에게 술을 권하였다. 황신이 술잔을 받아들더니 잔을 높이 들어 바닥에 던졌다. 그러자 양쪽에서 수십 명의 관군들이 몰려나와 화영을 밧줄로 묶었다. 황신이 크게 노하며 소리쳤다.

"네 놈이 청풍산의 도적들과 결탁하여 조정을 능멸한 죄를 모른다고 하겠는가?"

화영은 죄를 인정하지 않으며 소리쳤다.

"내가 도적떼와 결탁했다는 증거가 있습니까?"

잠시 후 관군들이 옥에 가두었던 송강을 끌고 들어왔다. 화영은 깜짝 놀라지 않을 수 없었다.

"저분은 운성에 사는 제 친척입니다. 도적이 아닙니다!"

“그렇다면 네가 직접 지부 앞에 가서 말하여라!”

그리하여 다음 날 아침 황신과 유고는 송강과 화영을 밧줄에 묶어 수레에 태우고 백여 명의 관군을 이끌고 청주부로 향하였다.

황신 일행은 청풍채를 떠나 대략 삼사십 리쯤 갔을 때 앞에 울창한 숲이 보였다. 앞장서 가던 관군이 돌아와 보고하였다.

“저 숲 속에 정탐꾼이 있습니다!”

“신경 쓸 것 없다! 계속 앞으로 행군하여라!”

잠시 후 갑자기 어디선가 징소리가 요란하게 울리더니 숲속에서 사오백 명의 도적떼들이 몰려나왔다. 그들은 모두 무장을 하고 있었고, 눈빛이 흉흉하였다. 군졸들은 그들을 보고 놀라서 벌벌 떨었다. 잠시 후 세명의 사내가 나타났다. 황신은 말을 몰아 그들 앞으로 달려가 소리쳤다.

"진삼산 황신이 여기 있거늘 누가 감히 무례하기 길을 막느냐!"

세 명의 사내는 다름 아닌 연순, 왕영과 정천수였다. 그들이 소리쳤다.

"이곳을 지나려면 통행세 삼천 관을 내놓아야 하느니라!"

"나는 청주부로 죄인을 압송하는 도감인데 돈이 어디 있겠느냐!"

그러자 왕영이 웃으며 말하였다.

"돈이 없으면 죄인들을 우리에게 맡겨놓고 나중에 돈을 가져와서 다시 찾아가거라!"

황신은 그의 말을 듣고 크게 노하여 말을 몰아 연순을 향해 달려들었다. 세 사람은 일제히 칼을 휘두르며 그와 맞섰다. 그들은 십여 차례 넘게 싸웠고 결국 황신은 그들을 당하지 못하고 달아나기 시작하였다. 관군들은 황신이 패해 도망치자 수레를 팽개치고 사방으로 흩어져 달아났다.

유고는 겁에 질려 벌벌 떨며 말을 돌려 도망쳤다. 그러나 말은 산채의 졸개들이 쳐놓은 덫에 걸려 넘어졌고, 유고는 바닥으로 굴러 떨어졌다. 순간 산채의 졸개들이 덤벼들어 유고를 밧줄로 꽁꽁 묶어버렸다. 연순

일당은 재빨리 달려가 죄인을 수송하는 수레를 부수고 송강과 화영을 구출하였다. 그들은 유고를 끌고 산채로 돌아갔다.

그날 밤 연순은 연회를 열어 송강과 화영을 대접하였다. 술자리에서 연순은 화영의 복수를 하기 위해 유고를 죽이려고 하였으나 화영은 자신이 직접 처리하고 싶다는 의사를 밝히고 단칼에 유고를 베어버렸다.

한편 간신히 목숨을 건진 황신은 청풍채로 돌아와 즉시 청주 지부에게 이 사건을 알렸다. 모용지부는 이 일을 보고 받고 크게 놀라며 황급히 청주 병마총관 진명(秦明)을 불러들였다. 지부는 진명에게 명하여 즉시 군사들을 이끌고 청풍채로 달려가 황신과 협력하여 도적떼들을 소탕하라 하였다.

진명은 성질이 급하고 고함소리가 마치 천둥소리처럼 커서 사람들은 그를 벽력화(霹靂火)라고 불렀다. 그는 늘 손에 낭아봉(狼牙棒)을 들고 다녔고 무예 실력이 뛰어났다. 그는 모용지부의 말을 듣고 화가 나서 말하였다.

"나쁜 놈들! 제가 즉시 관군들을 이끌고 달려가 그 도적들을 모조리 소탕하고 돌아오겠습니다!"

진명의 부대는 날이 밝을 무렵 청풍산 아래에 도착하였다. 졸개들에게 보고를 받고 그들과 맞서기 위해 달려나온 사람은 다름 아닌 소이광 화영이었다. 진명이 먼저 낭아봉을 휘두르며 화영에게 달려들자 화영 역시

창을 들고 맞섰다. 두 사람은 서로 어우러져 오십 차례 넘게 싸웠으나 승패를 가리지 못하였다.

화영은 이때 공격하는 척 하더니 산 아래의 좁은 길로 달려갔다. 진명은 즉시 그의 뒤를 쫓아갔다.

한참을 달린 후 화영이 갑자기 몸을 틀어 뒤쫓아오는 진명의 투구를 향해 화살을 날렸다. 화살은 진명이 쓰고 있는 투구에 달려 있는 붉은 꽃술을 맞추어 떨어뜨렸다. 진명은 깜짝 놀라 멈칫하였다. 그러나 화영이 말을 돌려 산 위로 올라가자 계속 뒤를 쫓았다. 화영을 쫓아 언덕 중턱에 이르렀을 때 갑자기 산에서 돌덩이가 마구 굴러 떨어져 모든 길을 막아버리고 오로지 동남쪽으로 향하는 큰 길 하나만 통행이 가능했다.

성질이 급한 진명은 아무것도 생각하지 않고 무조건 동남쪽으로 향하는 길로 달렸다. 그러나 얼마 가지도 못하고 그는 말을 탄 채로 함정에 빠지고 말았다. 양쪽에 매복하고 있던 산채의 졸개들은 즉시 진명을 끌어올려 줄로 꽁꽁 묶어 산채로 끌고 갔다.

다섯 명의 호걸들이 대청에 앉아 있었다. 화영은 진명을 보고 즉시 대청에서 내려와 손수 그를 묶고 있는 줄을 풀어준 다음 바닥에 무릎을 꿇고 정중히 절을 올렸다. 진명은 예상하지 못한 일이 벌어지자 당황하며 물었다.

"왜 나를 죽이지 않고 이렇게 예로써 대하는 것이냐?"

204

그러자 화영이 몸을 일으키며 말하였다.

"졸개들이 총관님을 몰라보고 이런 짓을 한 것이니 용서해 주십시오!"

화영은 진명을 대청 안으로 데리고 들어가 그에게 송강과 세 명의 두령을 소개하였다.

"세 두령은 내가 잘 알고 있고, 저 송압사라는 분이 그러면 바로 산동의 급시우 송공명이란 말인가?"

송강은 황급히 답례를 올리며 말하였다.

"그렇소. 내가 바로 송강이오."

송강은 유고의 고문으로 아직까지도 다리가 많이 불편하다는 이야기를 해주었다. 진명은 그의 말을 듣고 고개를 저으며 말하였다.

"한쪽 말만 듣고 판단하여 일을 크게 그르쳤습니다. 제가 청주부로 돌아가 이 모든 사실을 모용지부께 고하겠습니다."

그러자 연순이 말하였다.

"총관께서 오백 병마를 모두 잃었는데 돌아가신다면 문책을 면하기 어려울 것입니다. 그러니 저희와 함께 산채에 계시는 것이 좋을 듯 싶습니다.”

"조정이 나를 버리지 않았거늘 내 어찌 먼저 조정을 배반한단 말이오?

여러분이 나의 귀순을 강요하려면 아예 나를 죽이시오!”

그러자 화영이 나섰다.

"총관님 노여움을 거두십시오! 정 이곳에 계실 생각이 없으시다면 저

희와 함께 이곳에 하루만 머무시고 내일 아침에 떠나도록 하십시오.”

진명은 산채에서 하룻밤 편히 쉬었다.

다음날 그는 아침을 먹자마자 투구와 갑옷, 낭아봉을 챙겨 다섯 명의 호걸들과 작별 인사를 하고 청풍산을 떠났다.

그가 부지런히 말을 달려 청주성 밖에 도착하여 보니 수백 호가 넘는 집들이 모두 불타버렸고 거리에는 시체들이 널려있었다. 그는 괴이한 생각이 들어 즉시 성벽 아래로 달려가서 외쳤다.

“어서 적교를 내려라, 나는 진총관이다!”

그때 모용지부가 성 위에 서서 소리쳤다.

“이 도적놈아, 간밤에 네놈이 성을 공략하여 불을 질러놓고 이제 와서 무슨 낯짝으로 성문을 열라는 것이냐? 내 이미 조정에 네놈의 죄상을 알렸느니라! 내게 잡히는 날에는 결코 살아남기 힘들 것이야!”

“그게 무슨 말이십니까? 저는 어제 산채에 사로잡혀 있었는데 제가 어찌 성을 공격할 수 있었겠습니까? 게다가 제 가족들이 모두 성안에 있습

송강 등은 진명이 모든 미련을 버리고 산채에 머물게 하기 위하여 간밤에 진명의 복장을 하고 청주성을 공략하였던 것이었고 지부는 복수를 하기 위해 진명의 가족들을 모두 죽인 것입니다. 이러한 방법은 자신의 목적을 달성하기 위해 수단과 방법을 가리지 않는 행동이었죠?

어린이 여러분, 우리는 어떠한 결정을 해야 할 때 자신의 이익을 위해 다른 사람을 희생시키는 일은 절대 하지 말아야 합니다.

니다. 분명 사람을 잘못 보았을 것입니다!"

"네 놈의 옷과 투구를 내가 어찌 잘못 보겠느냐? 교활하게 변명하여 발뺌할 생각하지 말아라! 그리고 네 놈의 가족들은 내가 이미 모두 죽여 버렸느니라!"

진명은 성격이 급한 사람이다. 그는 자신의 처자식이 모두 살해되었다는 말을 듣고 가슴속에서 화가 치밀어 올라 소리쳤다. 이때 성 위에서 화살이 빗발치듯 날아왔고 진명은 물러설 수밖에 없었다. 그는 오던 길로 다시 되돌아가서 십 리쯤 가자 갑자기 숲속에서 한 무리의 사람들이 나타났다. 그들은 바로 송강과 네 명의 호걸들이었다.

"왜 청주로 돌아가지 않고 혼자 이런 곳에 계시는 겁니까?"

진명은 화를 내며 큰 소리로 말하였다.

"천하에 어떤 죽일 놈들이 간밤에 내 모습으로 변장하고 청주성을 공략하여 가옥들을 불태웠고, 그 바람에 내 가족이 몰살당했소. 이제 하늘에도 길이 없고 땅 속에도 문이 없는 신세요. 만약 놈들이 내 손에 잡히면 절대 살려두지 않을 것이오!"

송강이 말하였다.

"총관, 부디 고정하시오. 제가 좋은 생각이 있습니다. 이곳에서는 이야기를 하기가 불편하니 산채로 갑시다."

진명은 그들과 함께 산채로 갔다. 청풍산에 도착하자 송강과 네 명의 호걸들이 갑자기 바닥에 무릎을 꿇었다. 진명은 영문을 몰라 어리둥절하여 답례를 하며 같이 무릎을 꿇었다. 그러자 송강이 말하였다.

"총관을 산채의 두령으로 모시기 위해 부득이 총관을 욕되게 했소. 부디 우리를 용서하시오!"

진명은 그의 말을 듣고 화가 머리끝까지 치솟아 그들과 사생결단을 내고 싶었다. 그러나 한편으로 생각해보면 자신은 이미 갈곳이 없는 외톨이 신세가 되었고, 게다가 모두가 그렇게 자기를 공경하였고, 또한 그들을 당해낼 자신도 없었다. 그리하여 진명은 한숨을 내쉬며 말하였다.

"여러분의 호의는 고맙지만 그로 인해 내 처와 자식들이 몰살당하였소!"

"그렇게 하지 않았다면 총관께서 저희와 함께 하셨겠소? 이번에 부인을 잃으셨지만 화지채에게 여동생이 있는데 현모양처 감이라 들었소. 내가 중매를 설 터이니 그녀를 아내로 맞으시는 게 어떻겠소?"

송강이 그를 위로하였다. 진명은 그들이 진실로 자신을 원한다는 것을 알고 그들의 뜻을 따르

진명은 어찌하여 황신을 산채의 일원으로 끌어들이는 일에 그토록 자신이 있었을까요? 그것은 첫째, 진명은 황신의 상관이고, 둘째, 황신에게 무예를 가르친 사람이 바로 진명 자신이었고, 셋째, 두사람은 개인적인 교분이 두텁고, 넷째 모두 송강의 의기를 존경하고 있었기 때문입니다. 그리하여 진명은 매우 자신만만하였던 것입니다.

기로 하였다. 그들은 함께 술을 마시며 청풍채를 칠 일을 의논하였다.

진명이 나서서 말하였다.

"그 일이라면 내게 맡겨 주시오. 내 말이라면 황신도 가벼이 여기지 않

을 것이오."

다음날 아침 진명은 혼자서 청풍채로 갔다. 황신은 진총관이 왔다는

소식을 듣고 황급히 달려나와 그를 맞았다. 황신은 진명이 군대는커녕

호위병도 없이 혼자 오자 그에게 물었다.

"총관께서 어찌 호위병도 없이 이렇게 오셨습니까?"

진명은 자신이 도적떼들에게 패하여 포로가

되었던 일과 청풍산에 합류하게 된 일들을 말해주었다.

"산동의 급시우 송공명은 의를 중히 여기고 늘 사람들을 돕는 일에 앞장서니 강호에게 그를 존경하지 않는 사람이 어디 있는가? 지금 그도 청풍산에 있네. 자네는 가족도 없으니 나를 따라 청풍산으로 가세. 이리 있다가는 상관의 문책을 면하기 어려울 것이네!"

"총관의 뜻이 그러하시다면 따르겠습니다."

그들이 한참 이야기를 나누고 있을 때 갑자기 한 군졸이 달려와 지금 밖에 웬 무리들이 두 패로 나누어 쳐들어온다고 보고하였다. 황신과 진명이 즉시 말을 타고 마을로 가서 보니 송강, 화영과 연순, 왕왜호가 졸개들을 둘로 나누어 마을로 들어오고 있었다.

황신은 곧 책문을 크게 열고 그들을 맞아들였다. 그러자 송강 역시 졸개들에게 절대 백성이나 관군들을 해치지 말라고 일렀다. 연순은 졸개들을 이끌고 유고의 집으로 가서 그의 아내를 잡아 죽여버렸다. 화영은 집으로 돌아가 처자식과 여동생을 데리고 송강과 진명에게 갔다. 잠시 후 모두 모이자 그들은 청풍진을 떠나 산채로 갔다.

산채로 돌아온 다음 날 송강과 황신이 주례가 되어 화영의 여동생과 진명의 혼례식이 거행되었다. 산채는 그들의 혼사로 며칠 동안 떠들썩하였다.

다시 며칠이 지났을 때 한 졸개의 보고로 청주 지부가 이미 조정에 상서

를 올려 사실을 알게 된 조정에서 대규모의 군사로 청풍산을 포위하여 토벌하려 한다는 사실을 알게 되었다. 그들은 한자리에 모여 의논하였다.

"이곳은 작은 곳이라 오래 머물수가 없소. 만약 대군이 몰려온다면 어떤 방법으로 맞서야 좋겠소?"

송강이 말하였다.

"이곳에서 남쪽으로 가면 양산박이란 곳이 있소. 그곳에 조천왕이 여러 영웅 호걸들과 함께 생활하고 있으니 우리가 여기를 정리하고 그곳에 합류하는 게 어떻겠소?"

모두 그의 의견에 동의하였다. 그리하여 일곱 명의 호걸들은 수레와 말을 정리하고 짐을 꾸렸고 산채를 불태운 후 세 개의 대열로 나누어 산을 내려갔다. 송강과 화영이 앞장서서 길을 열었다.

그들이 대영산(對影山) 아래에 도착했을 때 두 무리가 어우러져 함성을 지르며 싸우고 있는 모습이 보였다. 가까이 다가가 보니 손에 창을 든 젊은 장수들이 서로 무공을 겨루고 있었다. 두 사람 모두 무공 실력이 뛰어나 승패를 가릴수가 없었다. 송강과 화영이 더 가까이 다가가 알아보니 한 사람은 소온후(小溫侯) 여방(呂方)이었고, 다른 한 사람은 새인귀(賽仁貴) 곽성(郭盛)이었다. 송강은 그들의 무예가 출중한 것을 보고 함께 양산박으로 가자고 권하였다. 두 사람은 크게 기뻐하며 두말없이 승낙하였다.

다음날 길을 떠나기 전 송강은 사람들을 모두 모아 놓고 말하였다.

"지금 우리는 무리가 너무 많아 함께 움직이려면 큰 불편이 따를 것이
오. 허니 세 개의 대열을 나누어 행동합시다!"

송강은 연순과 함께 먼저 길을 떠났다. 점심 무렵이 되어 그들은 한 주
점에 들어가 쉬어가기로 하였다. 그때 마침 송강에게 편지를 전하러 찾
아 온 석장군(石將軍) 석용(石勇)을 우연히 만나게 되었다. 석용은 그에
게 동생 송청이 보낸 편지를 전해 주었다.

송강은 급히 편지를 뜯어보았다. 편지의 내용은 아버지가 정월 초순에

병으로 돌아가셨으나 아직 발인도 하지 못하고 오직 형이 돌아오기만을 기다리고 있으니 편지를 받는대로 한시도 지체하지 말고 급히 돌아오라는 것이었다.

송강은 편지를 읽고 두 주먹으로 가슴을 치며 통곡하였다.

"연로하신 아버지께서 돌아가셨는데 나는 아직 효를 다하지 못하였으니 개, 돼지보다 나을 것이 없구나!"

그는 울면서 머리를 벽에 박았다. 연순과 석용은 그를 저지하며 슬픔을 달래주었다. 송강은 한참 동안 통곡을 하더니 마음을 진정시키고 연순에게 말하였다.

"내가 아우님들에 대한 의리를 저버리려는 것이 아니라 이 세상에서 이 송강에게 제일 중요한 사람은 사실 아버지일세. 그런데 지금 아버지께서 돌아가셨다니 내 어찌 돌아가지 않을 수 있겠나! 그러니 아우님들은 어서 계획대로 양산박으로 가게!"

"형님이 저희를 데리고 가지 않는다면 과연 그들이 저희를 받

216

아 주겠습니까?”

“그 점은 염려 말게. 내 편지를 써서 줄 터이니 다른 두령들이 도착하면 석용과 함께 양산박으로 올라가게. 조천왕께서 내 편지를 본다면 나를 대하듯 자네들을 받아줄 것일세!”

송강은 즉시 붓과 벼루를 빌려 편지를 써서 연순에게 주고 돈과 칼을 챙겨 자리에서 일어났다. 그러자 연순이 그를 잡았다.

“형님, 진총관과 화지채께서 도착하시면 그들을 만나 본 연후에 떠나셔도 늦지 않을 것입니다!”

“나는 더 이상 기다릴 수가 없네. 자네가 내 대신 말 좀 잘 해주게. 이 송강이 너무도 급하여 기다리지 못하고 먼저 떠나니 너무 원망하지 말라고 전해주게!”

송강은 말을 끝내자마자 뒤도 돌아보지 않고 떠났다.

연순과 석용은 일행들이 모두 도착하자 송강이 부친상을 당해 집으로 갔다는 말을 전했다. 두령들은 연순이 송강을 붙잡지 못한 것을 원망하자 석용이 말하였다.

효경에 말하기를 한 평생 부모를 존경하고 부모의 은덕을 기리는 것은 제일 큰 효도이고, 부모를 부끄럽게 하지 않는 것은 두 번째 효도이고, 부모를 봉양하는 것은 제일 작은 효도라 하였습니다. 그러므로 송강은 자신이 짐승만도 못하다고 자책한 것입니다.

218

"부친이 돌아가셨다는 말을 듣고 어찌 잠시라도 지체할 수
있었겠습니까?"

그들은 할 수 없이 큰 여관을 찾아 그곳에서 하루 쉬고
다음 날 아침 사람들을 이끌고 양산박으로 갔다.

18

강주에서 대종을 만나다

한편 연순 송강과 헤어져 집을 향해 떠난 송강은 밤을 세워 길을 걸어 마침내 집에 도착하였다. 그러나 집으로 뛰어들어가 보니 안에는 영정을 모신 방도 없고 송청도 상복을 입고 있지 않았다. 그는 화를 내며 송청을 꾸짖었다.

"이 불효 막심한 놈아, 아버님께서 살아 계신데 어째서 그따위 편지를 보내 나를 속였느냐? 내가 얼마나 놀랐는 줄 아느냐!"

송청이 막 해명을 하려할 때 송태공이 걸어 나왔다.

"애야, 너무 화내지 말아라. 네 동생은 아무 잘못이 없다. 네가 보고 싶어 얼굴이라도 한번 보려고 내가 시킨 일이다. 듣자 하니 백호산 주변에는 도적떼들이 들끓는다던데 행여 네가 그들과 어울리지나 않을까 걱정되어 내가 죽었다고 네게 편지를 쓰라고 한 것이야. 이렇게라도 하지 않았으면 네가 돌아왔겠느냐?"

송강은 아버지의 말을 듣고 그제서야 화를 가라앉히며 함께 앉아 이야기를 나누었다. 송강은 아버지에게서 최근 황태자를 책립(황태자나 황후를 봉하여 세우던 일)하면서 대대적인 사면령이 내려졌다는 소식을 듣고 매우 기뻐하였다.

그날 밤 삼부자는 늦도록 이야기를 나누다가 잠자리에 들었다. 그러나 얼마 지나지 않아 갑자기 환한 불빛들과 함성소리가 그의 집을 둘러쌓다. 송태공은 무슨 일인가 싶어 사다리를 가지고 나와 담 밖을 내다보니 백여 명의 군졸들이 손에 횃불을 들고 송강을 찾고 있었다. 알고 보니 송강이 집으로 돌아오는 도중에 누군가에게 들켰고, 이 일을 알게 된 지현은 즉시 군졸들을 보내 송강을 잡아오라 한 것이었다.

송강은 아버지가 연루되는 것을 막기 위해 아무런 반항도 하지 않고 그를 체포하러 온 두 명의 도두 앞으로 나가 관아로 압송되었다. 이때 염씨 노파는 이미 반 년 전에 죽고 없어 고소인이 없는 상태였고, 게다가 송태공이 여러 관리에게 뇌물을 주었기 때문에 송강은 큰 고생하지 않고 두 달간 감옥살이를 한 후 강주(江州)로 귀양가게 되었다.

강주로 출발하는 날 송태공과 송청은 그를 배웅해 주었다. 송태공은 두 명의 호송 관리에게 돈을 주고 송강을 잠깐 만날 수 있었다.

"강주는 어류와 곡식이 풍부한 곳이니 마음을 편안히 갖고 있거라. 네 아우를 자주 보내겠다. 그리고 양산박의 두령들이 너를 찾아와도 절대

따라가서는 아니 된다. 사람들에게 불충불효한 자라는 소리를 들어서야 되겠느냐! 내 말 꼭 명심하거라! 훗날 형기를 마치면 그때 우리 함께 모여 즐겁게 살자."

송강은 눈물을 흘리며 아버지와 작별하였다.

세 사람은 강주를 향해 떠났다. 송강은 혹시라도 양산박의 호걸들을 만나게 될까봐 주로 샛길을 택하여 걸음을 재촉하였다.

이날 세 사람이 삼십여 리를 걸어 한 언덕에 도착하였을 때 앞에 한 무리의 사람들이 걸어오고 있는 것을 보았다. 송강은 그들을 알아보고 걱정하였다. 그들은 바로 적발귀 유당이 이끌고 온 무리들이었다. 유당은 칼을 휘두르며 호송 관원들을 죽이려고 하였다.

그러자 송강이 칼을 빼앗으며 말하였다.

"아우님의 호의는 고맙지만 이렇게 하면 결국 나를 난처하게 할뿐이네. 만약 그래도 저 사람들을 죽일 생각이라면 내가 먼저 죽겠네!"

그가 즉시 칼을 들어 자결하려 하자 유당이 그를 저지하였다.

"이러지 마십시오! 오학구와 화지채께서 저 앞에 와 계시니 가서 말씀해 보십시오! 감히 제가 혼자서 결정할 문제가 아니라 생각됩니다!"

잠시 후 졸개들이 오학구와 화지채를 모시고 나타났다. 송강은 그들에게 자신의 속마음을 털어놓았다. 그의 얘기를 듣고 오학구가 고개를 끄덕였다.

"송압사님의 뜻을 잘 알겠습니다. 기어코 강주로 가신다고 하니 그 뜻을 따르겠습니다. 그리고 제가 한가지 드릴 말씀이 있습니다. 제 절친한 친구가 지금 강주 양원(兩院)의 옥리로 있습니다. 그 사람의 성은 대(戴)이고 이름은 종(宗)이라 합니다. 도술이 뛰어나 하루에 팔백 리를 가기에 사람들은 모두 그를 신행태보(神行太保)라 부른답니다. 제가 편지를 한 장 써 드릴 터이니

작은 자료실

강주의 옛 이름은 심양이고 지금의 강서성 구강현입니다. 이곳은 양자강과 파양호와 근접한 곳으로 매우 중요한 교통 요충지입니다. 이외에도 이곳은 쌀의 집산지이므로 쌀의 도시라 부릅니다. 경덕진의 자기들도 모두 이곳으로 모여 수출됩니다.

가지고 계시다가 만약 그를 만나면 한번 사귀어 보십시오. 압사께 무슨 일이라도 생기면 저희들이 알아야 하지 않겠습니까.”

송강은 편지를 받은 후 오학구와 작별 인사를 하고 두 관원과 함께 길을 나서 계속 강주로 향하였다. 세 사람은 길을 떠난 지 보름만에 큰 산 아래에 도착하였다.

“다 왔습니다. 저 게양령(揭陽嶺)만 넘으면 바로 심양강입니다. 코 앞이 강주이니 어디 가서 좀 쉬었다 가시죠!”

세 사람은 길가에 있는 주점으로 들어갔다. 그러나 그들은 이곳이 바로 최명판관(催命判官) 이립(李立)이 운영하는 악당의 소굴이란 것을 알 턱이 없었다. 세 사람은 술을 마신 뒤 인사불성이 되어 쓰러져 버렸다. 바로 그때 혼강룡 이준(李俊)이 출동교 동위(童威)와 번강신 동맹(童猛) 두 형제를 데리고 안으로 들어왔다. 그는 이립이 독을 먹여 기절시킨 죄수가 바로 송강인 것을 알아보고 황급히 해독제를 가져와 그를 구했다.

송강이 깨어나자 이립과 이준이 바닥에 엎드려 절을 올렸다.

“두 분은 뉘시며 여기가 어딥니까?”

그러자 이준이 말하였다.

“저는 예전부터 송압사님을 존경해 왔는데 오늘 이렇게 송압사님을 직접 뵙게 되어 너무 기쁩니다. 여기 있는 세 사람은 모두 저의 절친한 친구입니다!”

송강은 그들 네 사람과 인사를 나눈 뒤 주점에서 하루 묵고 다음 날 강주로 떠났다. 그들은 며칠을 걸어 한 마을에 도착하였다. 거리를 걷던 송강의 눈에 문득 사람들이 둘러서서 무엇인가를 구경하고 있는 모습이 들어왔다. 그가 사람들의 틈을 비집고 들어가 보니 한 고약장수 사내가 창술과 권법을 선보이고 있었으나 아무도 그에게 돈을 주는 사람은 없었다.

송강이 다섯 냥을 꺼내 그에게 주자 갑자기 구경꾼들 틈에서 웬 건장

작은 자료실

이준은 양자강에서 뱃사공 노릇을 하며 생계를 유지하여, 물에 매우 익숙하였습니다. 동위와 동맹 두 형제는 심양강변에 살았으며 수영과 배를 모는 솜씨가 뛰어났습니다. 이 세 사람의 특기가 모두 물과 연관된 것이었으므로 그들의 호칭에도 모두 수중 동물이 들어있습니다.

한 사내 하나가 앞으로 나서더니 이를 저지하며 소리쳤다.

"어디서 굴러먹던 죄수놈이 감시 저놈에게 돈을 주는 게냐?"

그러자 창술을 선보이던 남자가 쏜살같이 달려와 그 사내를 발로 걷어

차자 사내는 그들에게 욕을 퍼부며 남쪽으로 도망쳤다.

창술을 선보였던 남자가 송강에게 말하였다.

"소인의 성은 설(薛)이고, 이름은 영(永)이라 합니다. 사람들은 저를 병

대충(病大蟲)이라 부릅니다. 존함이 어찌 되시는지요?"

송강이 자기소개를 하자 설영은 송강을 만나게 된 것을 매우 기뻐하며

함께 술이라도 한잔 하러 가자고 청하였다. 그들은 가까운 곳에 있는 주

점으로 들어갔다. 그러나 주점들마다 그들에게 술을 팔려고 하지 않았

다. 조금 전 맞고 달아난 사내가 시킨 일이었다.

여기까지 읽은 어린이들은 한 가지 사실을 발견할 수 있었을 것입니다. 송강이 항상 곤경에서 빠져나올 수 있었고, 가는 곳마다 호걸들을 만날 수 있었던 것은 바로 그가 충과 효를 다하는 사람이었고, 의리를 중히 여기고 어려움에 처한 사람들을 내 일처럼 돕는다는 소문이 널리 퍼져 모르는 사람이 없었기 때문입니다. 그리하여 사람들은 모두 그를 만나고 싶어했고 그와 친구가 되고 싶어하였습니다. '사람을 사랑할 줄 아는 사람은 영원히 다른 사람의 사랑을 받고, 사람을 존경할 줄 아는 사람은 영원히 다른 사람의 존경을 받는다'라는 말이 있는데 그 말이 딱 맞는 듯 합니다.

설영은 할 수 없이 송강과 헤어져 먼저 집으로 돌아갔다. 송강 일행은 한 저택을 발견하고 주인의 허락을 얻어 하루 묵고 가게 되었다. 그러나 뜻밖에도 그곳은 바로 설영에게 얻어맞은 사내의 집이었다. 세 사람은 혹시라도 큰 곤욕을 치르게 될까 걱정되어 몰래 저택을 빠져나갔다.

송강 일행은 날도 어둡고 길도 몰라 한참을 헤매다 간신히 심양강변에 도착하여 작은 배에 올라타고 보니 한 무리의 사람들이 횃불을 들고 그들을 뒤쫓아오고 있었다. 송강이 다급해하며 말하였다.

"여보시오, 사공! 돈은 얼마든지 줄 터이니 빨리 이곳을 떠나주시오."

그러나 진짜 혼란은 이제부터였다. 배가 강 중앙에 이르자 사공은 흉악한 생김새를 드러내며 옷을 벗어놓고 물 속으로 뛰어들어가라는 것이었다. 송강은 무릎을 꿇고 애원하였으나 그는 냉정하기만 하였다. 할 수 없이 세 사람은 죽을 결심을 하고 물 속으로 뛰어들려고 하였다.

그때 갑자기 배 한 척이 다가오며 사공에게 물었다.

"여보게, 좋은 물건이라도 하나 잡았는가?"

송강은 그의 목소리가 귀에 익어 목청 높여 소리쳤다.

"그 배에 타고 있는 호걸은 이준이 아닌가? 빨리 와서 이 송강 좀 구해주게!"

사내가 빠른 속도로 다가와 그들을 살펴보더니 깜짝 놀라며 말하였다.

"이보게, 이 분이 바로 내가 자네에게 자주 말하던 운성의 송압사님일세."

　이준이 사공을 송강에게 소개하였고, 그는 선화아(船火兒)란 별칭을 가지고 있는 장횡(張橫)이란 사람이었다. 장횡은 황급히 엎드려 절을 올렸다.

　"하마터면 큰 죄를 지을 뻔하였습니다. 저를 용서해 주십시오!"

　송강이 강주로 귀양가는 길이라는 말을 듣고 장횡이 말하였다.

　"소인에게 한 형제가 있는데 사람들은 모두 그를 낭리백조(浪裏白條) 장순(張順)이라 부릅니다. 그는 사오십리를 헤엄쳐 갈 수 있는 재주를 가졌죠. 요즘 강주에서 생선을 팔고 있습니다. 어르신께서 그곳으로 가신다고 하니 소인의 편지를 좀 전해주실 수 있겠습니까?"

　송강은 흔쾌히 승낙하였다. 이준과 장횡은 송강과 함께 마을로 들어갔다. 얼마쯤 걷자 송강을 쫓던 무리가 나타났다. 이준은 무리 중 앞에 서 있는 두 사람에게 송강을 소개하자 그들은 즉시 바닥에 엎드려 절을 올렸다. 그들은 몰차란 목홍(穆弘)과 소차란 목춘(穆春) 형제로 이준과 친한 사이들이었다.

　여러 호걸들은 모두 모여 한바탕 술자리를 벌였다. 송강은 그곳에서 며칠 머문 뒤 강주로 떠났다.

　강주 지부는 채씨 성을 가진 사람으로 태사 채경의 아홉번째 아들이었다. 그는 대충 공문을 훑어보고 송강을 노영으로 보냈다. 그곳에서 송강

은 관원뿐만 아니라 군졸들에게까지도 몇 푼씩 보내 두루 인심을 샀다.

그 결과 송강은 초사방(抄事房)에서 일을 거드는 일을 맡았고 살위봉 백 대도 면할 수 있었다.

송강이 강주에 온 지 보름이 지난 어느 날 관영이 그에게 말하기를 강주 양원의 옥리가 왔으니 점사청으로 가서 만나보라고 하였다.

그 사람은 바로 전에 오학구가 송강에게 소개한 신행태보 대종이었다. 송강이 오학구가 써준 편지를 그에게 건네자 편지를 본 대종은 매우 기뻐하며 송강에게 말하였다.

"이곳은 이야기를 나누기에 불편하니 함께 주점으로 가시지요!"

두 사람은 강주성으로 들어와 한 주점으로 들어갔다. 송강은 그에게 오는 길에 만난 이립, 이준, 장횡 등 여러 호걸들에 관한 이야기를 들려주자 대종도 오학구와 왕래한 일들을 말하였다. 그들이 한창 즐겁게 이야기를 나누고 있을 때 갑자기 누각 아래서 싸우는 소리가 들려와 주점의 일꾼을 불러 물었다. 일꾼이 대종에게 말하였다.

"종종 원장님 옆에 붙어 다니는 철우(鐵牛)라는 분이 지금 저희 주인어른에게 돈을 빌려달라고 행패를 부리고 있습니다. 저 분은 원장님이 아니면 아무도 말릴 재간이 없으니 원장님께서 내려가 말려 주십시오."

대종은 그의 말을 듣고 웃었다.

"난 또 누구라고! 그 녀석이 여기 와서 또 행패를 부리는군. 잠시 실례

하겠습니다. 제가 가서 저 녀석을 데려와야 할 듯 싶습니다.”

대종는 아래로 내려가 잠시 후 시커멓게 생긴 사내를 데리고 올라왔
다. 송강은 그를 보고 깜짝 놀라며 물었다.

“이 분은 뉘시오?”

“이 사람은 제가 데리고 있는 사람인데 이름은 이규(李逵)이나 마을 사
람들은 모두 그를 이철우라고 부른답니다. 이 사람은 권법과 봉술에 능
하고 넓은 도끼도 잘 쓰나 주사가　　　　　　　너무 심해 사람들이 그를

두려워하여 흑선풍(黑旋風) 이규라고도 부릅니다.”

이규는 송강을 보며 대종에게 물었다.

“형님, 이 까무잡잡한 남자는 누구요?”

대종이 웃으며 송강에게 말하였다.

“송압사님, 이 녀석이 이렇게 거칠고 무식하여 예의를 모르니 너무 언짢게 생각하시지 마십시오!”

대종이 고개를 돌려 이규에게 말하였다.

“이분은 바로 네가 매일 입버릇처럼 말하는 의사 산동의 급시우 송공명이시다.”

이규는 그의 말을 듣고 손뼉을 치며 말하였다.

“정말입니까? 진작에 말씀해 주실 것이지.”

그는 송강 앞에서 넙죽 엎드려 절을 올렸다. 송강은 황급히 답례하며 말하였다.

“이쪽으로 앉으시오!”

그러자 대종이 이규에게 말하였다.

어린이 여러분도 이규가 송강 앞에서 대놓고 ‘이 까무잡잡한 남자는 누구요?’라고 한 말이 너무 거칠고 예의가 바르지 못하다고 생각하죠? 만약 ‘이분은 누구십니까?’라고 물었다면 듣기도 좋고 매우 고상해 보였을 것입니다. 그러므로 말을 하는 것 또한 하나의 큰 학문이라 할 수 있습니다.

234

“제발 오늘만은 남의 웃음거리가 되지 않게 좀 점잖게 굴어야 한다!”

“우리 여기서 이럴 것이 아니라 이형과 함께 조용한 곳으로 가서 술이나 한잔 합시다!”

송강이 제의하자 대종이 말하였다.

“저 앞 강가에 비파정이란 주점이 있는데 당나라 시인 백낙천(白樂天)이 자주 들렀다고 합니다. 그곳이라면 강의 경치를 감상할 수도 있고 술도 마실 수 있을 것입니다.”

“아주 좋은 곳이군요. 빨리 그곳으로 갑시다!”

세 사람은 비파정으로 갔다. 그곳은 정말 조용하고 고상한 분위기였다. 그들은 깨끗한 자리를 골라 앉았다. 송강이 강주의 명주 옥호춘주와 몇 가지 음식을 주문하자 이규가 일꾼에서 말하였다.

“큰 사발 없나? 이렇게 작은 잔으로 어떻게 술을 마시란 거야?”

그러자 대종이 그를 꾸짖었다.

“소리 좀 낮춰! 사람들의 웃음거리가 되고 싶어 그러는 게야!”

“괜찮소. 일꾼에게 일러 큰 사

발을 가져오라 하시오!"

세 사람은 술을 몇 잔 마시다 보니 갑자기 생선매운탕이 먹고 싶었다.

대종을 주점의 일꾼을 불러 매운탕 세 그릇을 주문하였다. 송강은 생선

살을 조금 먹고 국물을 두세 모금 마시더니 젓가락을 내려놓고 더 이상

먹지 않았다. 그러나 이규는 젓가락도 사용하지 않고 손으로 생선을 건져 뼈까지 깨끗이 먹어치우고 송강이 먹지 않자 그의 그릇에 담겨 있는 생선 까지 가져다 먹었다. 송강이 먹지 않는 것을 보고 대종이 말하였다.

"생선이 신선하지 않아 입맛에 맞지 않나 봅니다!"

"나는 술을 마시고 나면 생선매운탕을 즐겨먹는데 이 생선은 물이 좋지 않은 것 같소."

대종이 주점의 일꾼을 불렀다.

"이 매운탕으로 말할 것 같으면 그릇은 아름다우나 안타깝게도 생선이 신선하지 않아 맛이 없네. 신선한 생선이 있다면 다시 한 그릇 만들어 오게."

"원장님께 솔직히 말씀드리면 이 생선은 어제 잡은 것입니다. 오늘 잡은 고기는 아직 배에서 내려놓지 못했다고 합니다. 주인이 아직 오지 않아 어부들도 감히 팔지 못하고 있으니 신선한 생선이 없습니다."

이규는 그의 말을 듣고 자리에서 벌떡 일어서며 큰 소리로 말하였다.

"제가 직접 가서 싱싱한 놈으로 가져다 형님께 대접하겠습니다!"

"자네는 가지 말게! 이 사람에게 시키면 되는 일이야."

대종이 생선을 사러 가려는 그를 말렸다.

"제가 직접 가야만이 어부들이 생선을 내놓을 것입니다!"

대종도 더 이상 그를 말리지 못하였고, 이규는 즉시 밖으로 달려나갔다.

　"압사님, 너무 언짢아하지 마십시오. 저 녀석이 좀 사리 분간을 못합니다."

　그러자 송강이 웃으며 말하였다.

　"그것은 그의 성격이니 어쩌겠소. 나는 오히려 그런 그가 마음에 듭니다!"

　이규가 비파정을 나와 곧장 강가로 달려가 보니 푸른 버드나무 아래 배들이 늘어서 있었다. 그러나 해가 기울어 가는데도 생선을 파는 사람은 하나도 없었다.

　이규는 배에 가까이 다가가 한 어부에게 소리쳤다.

“여보시오! 배에 펄펄 뛰는 물고기가 있으면 내게 두 마리만 주시오!”

“주인이 아직 오지 않아 팔수 없소. 저기 기다리고 있는 사람들이 보이지 않소?”

“주인인지 뭔지 난 잘 모르니 잔소리 말로 어서 고기나 주시오.”

어부는 끝까지 물고기를 내놓지 않았다. 그러자 화가 난 이규는 배 위로 뛰어올라 대나무로 만든 바자(대나무, 갈대, 수수깡 따위로 발처럼 엮은 것)를 뽑아버렸다. 어부들은 이규를 막아 보려했으나 아무도 그를 당할 자가 없었다.

이규가 바자를 뽑는 바람에 안에 있던 고기들은 모두 도망가 버렸다. 그가 갑판 아래에 손을 넣어 고기를 잡으려 하였으나 고기는 한 마리도 없었다. 그러자 이규는 다른 배로 옮겨가 대나무 바자를 뽑았다. 어부들은 더는 참을 수 없어 대나무 꼬챙이를 들고 함께 힘을 합쳐 이규에게 달

왜 이규가 갑판 아래에 손을 넣었을 때 고기가 한 마리도 잡히지 않았는지 아세요? 당시 어부들의 배에는 꼬리 부분에 구멍을 내고 강물이 들어왔다 나갔다 할 수 있게 만들었습니다. 그리고 그곳에 가는 대나무로 엮은 바자로 구멍을 막아놓았습니다. 그러면 갑판 아래에 물고기를 넣어도 죽지 않고 살아있을 수 있고, 바자로 막아놓았으니 도망갈 염려도 없었습니다.

이규는 뱃일을 모르는 사람이므로 바자를 뽑아버렸으니 고기들은 모두 도망가 버렸고, 이규는 빈손일 수밖에 없었습니다.

려들어 후려쳤다.

이규는 화가 나서 웃옷을 벗어 던지고 두 손으로 대나무 꼬챙이들을 잡아 빼앗은 뒤 꺾어놓았다. 그러자 어부들은 깜짝 놀래며 겁을 집어먹고 재빨리 배를 묶어 놓았던 줄을 풀고 도망쳐 버렸다.

이규는 어부들이 모두 도망가자 더욱 더 화가 나서 반으로 잘라진 대나무 꼬챙이를 집어들고 미친 듯이 휘두르자 강가에 있던 생선 장수들이 놀라 뿔뿔이 흩어져 도망갔다.

그때 강가 샛길로 한 사내가 다가오고 있었다. 사람들은 그를 보자 큰 소리로 외쳤다.

"주인이 왔다! 이보시오, 저 시커먼 놈이 고기를 빼앗으려고 덤비며 고깃배들을 모두 쫓아버렸소."

"웬 놈이 감히 이곳에서 그런 행패를 부리느냐?"

그는 고기를 팔러 왔다가 이규가 행패를 부리는 것을 보고 그에게 달려가 소리쳤다.

"이놈아, 감히 이 어르신의 장사를 망쳐 놀 셈이냐!"

이규는 그의 말에 대꾸도 하지 않고 다짜고짜 대나무 꼬챙이를 들고 덤벼들며 그를 때리려 하였다. 그는 재빨리 몸을 돌려 날아오는 대나무 꼬챙이를 피하고 두 팔을 뻗어 이규의 머리채를 잡았다. 그는 이어 이규의 다리를 걸어 넘어뜨리려 했으나 소 같이 힘이 센 이규를 이겨내기에

는 힘이 부족했다. 그는 다시 발로 이규를 걷어차려 했으나 이규에게 잡

혀 한바탕 얻어맞았다.

　이때 갑자기 누군가 이규의 뒤에서 그의 허리를 잡았고, 한 사람은 그

의 팔을 잡았다. 이규가 뒤를 돌아보니 다름 아닌 대종과 송강이었다. 그

사이 사내는 재빨리 몸을 빼내 달아났다.

　대종은 이규에게 화를 내며 말하였다.

　"가지 말라는 것을 뿌리치고 기어코 가더니 싸움질을

하고 있는 것이냐. 만약 잘못되어 사람이라도 죽는 날에는 너 또한 목숨을 바쳐야 한다는 것을 왜 모르느냐?"

"지금 제가 혹시라도 형님께 누를 끼치게 될까봐 그러십니까? 사람을 죽이면 내가 다 알아서 할 것이니 걱정 마시오!"

송강은 그들을 화해시키며 말하였다.

"됐소. 모두 그만들 하시오. 술이나 마시러 갑시다!"

세 사람이 막 발걸음을 옮기려고 할 때 갑자기 등 뒤에서 누군가 소리쳤다.

"지금 간다면 사내 대장부가 아니지! 나를 이길 재주가 있다면 배에 올라타거라. 이 어르신이 상대해 줄 터이니!"

소리치고 있는 사람은 바로 조금 전 이규에게 맞았던 물고기 주인이란 사람이었다. 그는 배를 저으며 강길을 따라 그들을 쫓아오고 있었다.

이규는 그의 말을 듣고 소리쳤다.

"사내 대장부인 네놈이 올라와 보거라!"

사내는 이규의 옆으로 오더니

생각해 보기

사람을 죽이면 자신의 목숨으로 보상해야 한다는 것은 예전 사람들의 생각이었습니다. 그러나 한 생명을 죽이고 또 다른 생명으로 보상한다고 해서 과연 해결할 수 있을까요? 그럴 가치가 있을까요? 그러므로 우리는 반드시 모든 생명을 소중히 여길 줄 알아야 합니다.

대나무 꼬챙이로 이규의 다리를 찌르고 지나가는 것이었다. 이규는 불같이 화를 내며 즉시 배 위로 뛰어올라갔다. 사내는 일부러 이규를 배로 유인하기 위해 살살 약을 올린 것이었으나 이규는 그의 계략에 넘어가 대나무 꼬챙이로 땅을 짚고 몸을 날려 배에 올라탄 것이었다. 그러자 그 사내는 쏜살 같이 물결을 헤치며 배를 강 한 가운데로 몰고 갔다.

이규는 헤엄을 칠 줄 알았으나 그다지 뛰어난 솜씨는 아니었기 때문에 순식간에 벌어진 일에 당황하였다. 사내는 대나무 꼬챙이를 버리고 이규의 어깨를 잡으며 말하였다.

"네놈과 싸우는 일은 잠시 미루고 일단 네놈을 물 속에 처넣어 물을 좀 먹인 후에 손을 봐줘야겠다."

그는 말을 끝내자마자 두 발로 배를 흔들어 뒤집어 버렸다. '풍덩' 하는 소리와 함께 이규와 그 사내는 모두 물 속에 빠지고 말았다.

송강과 대종은 이규가 물에 빠진 것을 보고 몹시 초조해 하였다. 그러나 강가에서 싸움 구경을 하던 어부들은 신이 나서 소리쳤다.

"싸다 싸! 배가 불룩할 정도로 물을 마셔 보아라."

그러자 대종이 그들에게 다가가 물었다.

"저 배 위에 있는 남자는 누구요?"

"그는 바로 이 어장의 주인인 장순입니다."

송강은 장순이란 이름을 듣고 무엇인가 떠오르는 듯 다시 물었다.

"그럼 저 사람이 낭리백조 장순이란 말이요?"

"맞습니다요."

송강이 대종에게 말하였다.

"내게 저 사람의 형인 장횡이 동생에게 전해달라고 부탁한 편지가 있소."

대종은 그의 말을 듣고 즉시 강을 향해 소리쳤다.

"이보시오, 장형! 이제 그만 멈추시오! 여기 당신의 형인 장횡의 편지를 가지고 있소. 그 시커먼 남자는 내 형제니 그를 용서하고 어서 이리 나와 얘기나 나눕시다!"

장순은 비록 대종과 이야기를 나누어 본 적은 없었으나 누군지 알고 있었기 때문에 그의 목소리를 듣고 이규를 물 속에 내버려둔 채 강가로 헤엄쳐 나와 대종에게 말하였다.

"원장님, 소인을 무례한 놈이라 생각하지 마십시오."

"내 체면을 봐서 내 형제를 좀 구해주게. 그리고 나서 자네에게 소개해 줄 분이 있네."

장순은 그의 말을 듣고 즉시 다시 물 속에 뛰어들었다. 장순은 물 속에서 허우적거리고 있는 이규를 한 손으로 끌고 강가를 향해 헤엄쳤다. 워낙 물에 익숙한 사람이라 물 속에서 헤엄치는 장순의 다리는 마치 평지를 걷는 것 같았고, 그의 상체는 계속 수면 위에 떠있었다. 강가에 도착

하여 장순이 손으로 이규를 잡아끌어 올렸다. 강가에서 그들을 구경하고 있는 구경꾼들은 모두 박수를 치며 환호하였다.

이규는 숨을 몰아쉬며 더러운 물을 토해냈다.

"자, 이제 모두 비파정으로 갑시다!"

네 사람은 함께 비파정으로 돌아와 대종이 이규와 송강을 장순에게 소개하였다.

"이분이 정말 산동의 급시우 송공명 어른이란 말입니까?"

그러자 송강은 고개를 끄덕였다.

"맞소."

장순은 바닥에 무릎을 꿇고 절을 올렸다.

"크신 이름을 들은 지 오래입니다!"

송강은 황급히 답례를 하며 말하였다.

"얼마 전 강주로 오는 길에 심양강에서 장횡을 만났소. 그가 내게 편지 한 통을 주면서 장형에게 전해 달라 했는데 마침 노영 안에 두고 가져오지 않았구려."

종대는 주점 일꾼을 불러 술과 안주를 더 가져오라 하였다. 송강이 조금 전 생선 매운탕을 먹으려 했던 일을 말해 주자 장순이 자리에게 일어서며 말하였다.

"형님께서 싱싱한 물고기를 잡숫고 싶어하시니 제가 가서 몇 마리 구

해오겠습니다.”

송강은 매우 기뻐하며 고맙다는 인사를 하였다.

그러자 이규가 말하였다.

“나도 가겠소!”

“왜? 물 마신 게 아직 부족하더냐?”

대종이 이규를 막고 나서자 장순이 웃으며 말하였다.

“이번에는 저와 같이 가는데 무슨 일이 있겠습니까!”

잠시 후 장순이 펄펄 살아 움직이는 잉어를 가지고 돌아와 일꾼에게
건네며 매운탕과 잉어찜을 만들라 하였다. 네 사람은 술을 마시며 즐겁
게 이야기를 나누다 밤이 깊어서야 송강을 노영으로 보내주었다.

19

양산박의 호걸들이 형장을 습격하다

그후 장순, 대종, 이규는 매일 같이 송강을 보러왔다. 그러던 어느 날 송강은 대종 등이 며칠간 보이지 않자 그들을 찾으러 성으로 들어갔다. 송강은 사람들에게 물어 어렵게 대종의 집을 찾았으나 마침 외출하고 없었다. 그는 다시 이규와 장순을 찾아보았지만 찾을 수가 없었다. 송강은 할 수 없이 우울한 마음으로 성을 나섰다.

강을 따라 한참을 걷다보니 앞에 한 주점이 보였다. 주점 앞에서 '심양루'라는 간판이 붙어있었다.

'운성현에 있을 때 강주에 심양루라는 유명한 주점이 있다고 들은 적이 있는데, 바로 여기에 있었군. 들어가 봐야겠어.'

송강은 위층으로 올라가 강을 바라볼 수 있는 자리를 골라 앉았다. 이곳에서는 아름다운 주변 경치가 한눈에 들어왔다. 잠시 후 주점 일꾼이 다가와 물었다.

"손님, 다른 손님이 더 오십니까 아니면 혼자 오신 겁니까?"

"안타깝게도 친구들을 찾아 못했네. 우선 술과 고기를 가져오게!"

잠시 후 일꾼이 남교풍월(藍橋風月)이란 좋은 술과 좋은 요리들을 가지고 왔다. 송강은 매우 기뻐하며 생각하였다.

'강주로 오길 잘했군!'

송강은 혼자서 경치를 감상하며 술을 마시다 보니 자신도 모르는 사이에 술이 이미 많이 취했다. 그는 이미 서른이 넘은 나이에 아직 아무것도 이루어 놓은 것이 없이 부모형제를 떠나 강주에 와있는 자신의 신세를 생각하니 울적한 마음이 들었다. 그의 머릿속에 문득 시상이 떠올라 '서강월(西江月)'이란 시를 지었다. 그는 즉시 일꾼을 불러 붓과 벼루를 가져 오게 했다. 그는 붓을 들어 흰 회벽에 자신의 시를 써 내려갔다.

나 어려서 일찍이 경전과 역사를 익혔고,

자라서는 또한 권모(權謀)가 있었노라.

마치 사나운 범이 거친 언덕에 누워 있듯,

발톱과 이빨을 감추고 울분을 참았노라.

안타깝게 두 볼에 먹자 새기고,

강주로 귀양온 처량한 신세.

훗날 이 한을 풀 날이 온다면,

심양강 어귀는 피로 물들리라.

그는 곧 다시 붓을 들어 사구시를 지었다.

글을 다 쓰고 난 송강은 그 밑에 커다랗게 '운성 송강 지음'이라 써놓았다. 그는 붓을 탁자 위에 던지고 술을 마시며 노래를 불렀다. 그는 몸조차 가눌 수 없을 정도가 될 때까지 술을 마시고 노영으로 돌아와 침대에 쓰러져 곯아떨어졌다. 다음 날 그는 심양루에서 쓴 시에 대해서는 까맣게 잊고 있었다.

한편 강주와 강을 두고 마주보고 있는 오위군(吳爲軍)이란 마을에는 통판(通判) 벼슬을 하는 황문병(黃文炳)이란 사람이 살았다. 그는 비록 경서를 읽었으나 속이 좁고 시기와 질투가 강한 사람인지라 마을에서도 나쁜 짓만 일삼았다. 그는 강주의 채구지부가 당대의 권력가인 채태사의 아들이란 소문을 듣고 그의 호감을 사서 승진의 기회를 잡으려고 매일 강을 건너 채구지부를 찾아다녔다.

그날도 황문병은 할 일이 없어 예물을 마련해 채구지부를 찾아갔다. 그러나 마침 관아에서 연회를 벌이고 있어 우선 심양루에서 기다리려고 하였다. 그는 그저 발길이 가는대로 위층으로 올라와 벽에 쓰여진 많은 시들을 읽어보았다. 그는 글귀들을 읽다가 문득 송강이 쓴 '서강월'을 보고 깜짝 놀라면 말하였다.

"이것은 반역의 시가 아닌가? 황소가 대장부 아님을 비웃는다고? 황소보다 더한 짓을 하겠다니, 바로 역적질을 말하는 것 아닌가? 대체 누가 이곳에 이런 시를 쓴 게지?"

다시 아래쪽을 훑어보았다. 그곳에는 '운성 송강 지음'이란 글이 쓰여 있었다.

'이 이름을 어디선가 들어본 적이 있는데, 아마도 작은 벼슬을 하는 벼슬아치일거야.'

그는 즉시 주점의 일꾼을 불러 물었다.

"어제 키가 작고 뚱뚱하며 얼굴 색이 좀 검은 손님께서 오신 적이 있는데, 얼굴에 글이 새겨진 것을 보아 아마도 노영에 있는 사람인 듯 합니다. 그분이 술에 취해 여기에 써놓은 것입니다."

황문병은 그의 말을 듣고 종이를 구해 모두 다 베꼈다. 다음날 그는 다시 예물을 들고 지부를 찾아가 어제 베껴놓은 시 두 편을 채구에게 보여주었다. 채구는 시를 보고 말하였다.

"아니, 이것은 반역의 시가 아닌가? 통판은 어디서 이런 시를 가져온 것이오?"

"소인이 어제 심양루에 갔다가 벽에 쓰여진 것을 베껴왔습니다."

"이런 시를 대체 누가 쓴 것이오?"

"그 위에 '운성 송강 지음'이라고 쓰여있는 것을 보아 아마도 노영의 죄수인 듯 합니다."

채구는 그의 말을 듣고 냉정하게 웃으며 말하였다.

"죄수 명단을 보면 될 터이니 그놈을 찾아내는 것은 식은 죽 먹기이겠군."

채구는 어렵지 않게 죄수 명단 마지막 장에서 송강의 이름을 찾아냈다. 그러자 황문병이 다시 말하였다.

"이 일이 새어나가기 전에 상공께서 지금 당장 사람을 보내 그놈을 잡아들여야 할 것입니다."

채구는 그의 말에 따라 즉시 양원의 압노절급 대종을 불러 심양루 벽에 반역의 시를 적은 운성의 송강을 잡아들이라고 명하였다.

대종은 그의 말을 듣고 깜짝 놀라며 어찌하면 송강을 구할 수 있을지 생각하였다. 그는 일단 다른 절급들과 군졸들을 불러 성

송강이 심양루에 반역의 시를 쓴 그 무렵 경성에서도 누군가 '나라를 거덜내는 건 가목, 싸움을 꾸미는 건 수공, 가로 세로 어지러운 건 삼십육, 난리가 퍼지는 건 산동에서부터'란 노래를 부르는 자가 있었습니다. 그 뜻은 '宋(송)'과 '江(강)'이 곧 산동에서 난을 일으킨다는 것으로 송강이 쓴 반역시와 딱 맞아떨어지는 것이었습니다.

황묘로 모이게 한 다음 자신은 신행법을 써서 먼저 송강이 있는 노영의 초사방으로 달려가서 송강에게 체포령이 내렸다는 사실을 알렸다.

또한 그는 난관을 헤쳐나갈 방법으로 잠시 후 군졸들이 들이닥치면 머리를 풀어헤치고 횡설수설하며 미친 사람 행세를 하라고 송강에게 일렀다.

그러나 영악한 황문병은 그들의 계략에 속지 않았다.

"저 사람이 쓴 시나 글 솜씨로 보아 미친놈일 리가 없습니다. 분명 어떠한 계략이 숨어있는 듯 하니 속지 마십시오."

대종도 이제는 어쩔 수 없는지라 할 수 없이 다시 노성으로 달려가 송강을 잡아 강주부로 데려왔다. 채구는 옥졸에게 명하여 송강에게 곤장 오십 대를 치게 하였다. 송강은 살이 터지고 피부가 찢겨 피가 흘렀다. 대종은 비록 옆에 있었으나 그를 구할 방법이 없었다. 송강은 끝내 매를 이기지 못하고 사실을 말하였다. 그러자 황문병이 채구에게 말하였다.

"이 일은 빨리 처리하심이 좋을 것습니다. 즉시 태사께 편지를 보내 송강의 생사를 결정하시도록 하십시오. 아마 태사께서도 매우 기뻐하실 겁니다!"

"통판의 말이 맞소. 내 수하 중에 하루에 수십 리를 갈 수 있는 대종이란 자가 있으니 아마 보름이면 다녀올 수 있을 것이오!"

채지부는 대종을 불러 이 일을 맡겼다. 대종은 감히 거역할 수 없었다. 그리하여 즉시 집으로 돌아가 이규를 찾아 그에게 송강을 부탁한 후 경

성으로 떠났다. 그날부터 이규는 좋아하던 술도 끊고 아침부터 밤까지
계속 옥에 갇혀 있는 송강을 보살펴 주었다.

대종은 강주을 떠난 후 매일 잠시도 쉬지 않고 길을 재촉하였다. 때는
이미 유월 초순인지라 날씨가 매우 더웠다. 그는 배도 고프고 목이 마르
던 차에 앞에 보이는 숲속에 임호주점(臨湖酒店) 간판이 보이자 그곳에
들어가 밥과 술을 마시며 잠시 쉬었다. 그러나 그는 황주 세 잔에 그만

기절하고 말았다.

알고 보니 이 주점은 바로 한지홀률 주귀가 운영하는 주점이었다. 주귀는 기절한 대종의 보따리를 뒤지다가 채지부의 편지를 발견하였다.

'이번에 요망한 노래에 들어맞는 반역의 시를 지은 산동의 송강이란 자를 붙잡아 옥에 가두어 놓고 아버님의 처분을 기다리고 있습니다.'

주귀는 편지를 보고 깜짝 놀라며 황급히 졸개를 불렀다.

"빨리 해독약을 가져와 그 사람을 깨워라. 내가 알아볼 게 있다."

대종은 해독약을 먹고 점차 정신이 들었다. 그는 주귀가 편지를 뜯은 것을 보고 크게 놀래며 소리쳤다.

"넌 누구기에 감히 태사께 올리는 편지를 함부로 뜯어 본 것이냐?"

그러자 주귀는 웃으며 말하였다.

"이까짓 편지 한 장이 무엇이 대단하다고 그러시오. 난 양산박의 두령 중 하나인 한지홀률 주귀요!"

"양산박의 두령이시라면 오학구를 아시겠구려? 난 그 사람의 친구요."

"오선생은 우리 산채의 군사신데 당신이 어찌 그를 아시오?"

속담에 '기이한 일이 있어야 책이 된다'라는 말이 있습니다. 대종은 아주 공교롭게 양산박의 최전선인 주귀의 주점에 가게 되었고, 주귀가 마침 편지를 보게 되어 대종은 허무하게 죽을 뻔한 목숨을 건지고 훗날 송강과 함께 양산박에 올 수 있었습니다.

水
山
泊
替
天
行
道

주귀는 의아한 표정으로 물었다.

"나는 성이 '대'이고 이름이 '종'이란 사람이오. 오학구와는 어릴 적부터 친한 친구사이였소."

"정말 오군사님과 친구사이라면 왜 송강을 해치려 하는 거요?"

"무슨 소리요? 송강형님은 나와 의형제를 맺은 형님이신데 내가 왜 그분을 해치겠소?"

주귀는 채지부의 편지를 꺼내 보여주었다. 대종은 편지를 읽고 놀라지 않을 수 없었다. 그러자 주귀가 말하였다.

"저와 함께 조천왕과 오학구께 가서 대책을 마련해 봅시다!"

그리하여 주귀는 대종을 데리고 산채로 가서 여러 두령들과 마주하였다. 대종은 송강이 반역의 시를 쓰고 옥에 갇히게 된 일을 상세하게 말하였다. 조개는 그의 말을 듣자마자 졸개들을 이끌고 달려가 송강을 구하려고 하였으나 오용이 그의 앞을 가로막았다.

"이 일은 힘으로 밀어붙인다고 해서 해결될 일이 아닌 듯합니다. 제가 좋은 생각이 있는데 대원장의 도움이 필요합니다."

"어떠한 묘책이요?"

"상대방의 계략을 역이용하여 상대방을 공격하는 방법을 쓰는 것입니다. 지금 채구지부는 채태사의 편지를 기다리고 있으니 우리는 죄인을 동경으로 압송하라는 가짜 답장을 써보내는 것이지요. 그런 다음

그들이 이곳을 지나갈 때 송강을 구해내면 되는 것입니다. 제 생각이
어떻습니까?"

　"좋은 방법이긴 하나 누가 채경의 필체를 그대로 흉내낼 수 있단 말
이오?"

　"그 점에 대해서는 제가 이미 생각해 둔 것이 있습니다. 지금 세상에는
소(蘇), 황(黃), 미(米), 채(蔡) 사 대가의 서체, 즉 송조사절(宋朝四絶)이

유행하여 많은 사람들이 그들의 서체를 똑같이 모방할 수 있다고 합니다. 제 친구 중에 소(蕭)씨 성을 가진 소양(蕭讓)이란 사람이 제주성에 살고 있는데 그가 대가들의 서체를 모두 자유자재로 쓸 수 있어 사람들이 그를 성수서생(聖手書生)이라 부릅니다. 그는 무예도 출중하니 우리 쪽으로 끌어들여 채경의 필체를 모방하여 가짜 답장을 쓰라고 하면 될 것입니다.”

오용은 서두르지 않고 차분히 말하였다.

“그럼 편지를 다 쓴 후에 채경의 도장은 어떻게 할 것이오?”

“역시 제 친구 중에 김대견(金大堅)이란 사람이 있는데 그는 각종 옥석, 비문, 도장 등을 잘 파는 재주를 가지고 있어 사람들은 그를 옥비장(玉臂匠)이라 부릅니다. 이 두 사람이면 아무 걱정 없을 것입니다. 그러니 대원장께 부탁하여 지금 즉시 은자 백 냥을 가지고 제주로 가서 이 두

소동파(蘇東坡), 황노직(黃魯直), 미원장(米元章), 채양(蔡襄) 네 사람은 서도에 능하여 송조의 사 대가라 부릅니다. 그리하여 당시 문인들 사이에서는 그들의 서체를 모방하는 것이 유행하였습니다.
수호지의 작가는 ‘채양’을 ‘채경’으로 착각하여 ‘성수서생’을 시켜 그의 서체를 모방하게 한 것입니다. 사실 그들은 전혀 다른 두 사람입니다.

사람을 산채로 데려 오라 하고, 그리고 그들의 가족까지 산채로 데려오면 두 사람은 우리와 뜻을 함께 할 것이라 믿습니다.”

두령들은 모두 그의 계획에 찬성하였다. 그리하여 대종은 은자 백 냥을 가지고 제주로 갔다. 그가 떠난 지 이틀도 되지 않아 소양과 김대견 그리고 그들의 가족을 데리고 산채로 돌아왔다. 소양은 채경의 필체를 모방하여 채구에게 보내는 가짜 답장을 썼고, 김대견은 채경의 도장을 파서 편지 위에 찍었다.

대종은 하루라도 빨리 송강을 구하고 싶은 마음에 다음날 아침이 되자 조개와 여러 두령에게 작별하고 양산박을 떠나 강주로 돌아갔다.

오용은 대종을 보내고 취의당으로 돌아와 두령들과 술을 마셨다. 사람들과 함께 웃고 떠들며 술을 마시던 중 갑자기 오용이 소리쳤다.

“큰일났습니다!”

모두 깜짝 놀래며 그에게 물었다.

“군사님, 무슨 일로 그러십니까?”

“내가 큰 잘못을 저질렀소, 어쩌면 송공명은 물론 대종까지 죽게 될지도 모르겠소!”

소양과 김대견이 이구동성으로 물었다.

“대체 무슨 실수를 했다는 것입니까?”

오용이 한숨을 내쉬며 말하였다.

"그 답장에는 '한림채경(翰林蔡京)'이란 네 글자가 새겨진 도장을 찍었소. 그러나 아버지가 아들에게 답장을 쓰면서 관직과 이름을 새긴 도장을 찍는 사람이 어디 있겠소? 바로 그것이 내가 살피지 못한 점이오. 대원장은 강주에 이르기만 하면 그것 때문에 추궁을 받을 것이고, 만약 실토한다면 두 사람 모두 무사할 수 없을 것이오."

"빨리 사람을 보내 대원장을 쫓아가 편지를 다시 가져오게 한 다음 새로 쓰겠습니다."

"그가 바로 유명한 '신행태보'요. 누구 그를 쫓아갈 수 있겠소!"

조개가 당황하며 물었다.

"그럼 어찌 해야 한단 말이오?"

오용은 잠시 생각에 잠기더니 조개의 귀에 대고 무엇인가 속삭였다. 조개는 그의 말을 듣고 즉시 두령들에게 명하여 옷차림을 정리하고 하산하여 강주로 떠날 준비를 하라고 일렀다.

한편 대종은 동경에서 돌아오게 될 날짜에 맞추어 강주에 도착하였다. 채구지부는 대종이 기한에 맞추어 돌아오자 매우 기뻐하며 우선 그에게 술 세 잔을 내린 다음 답장을 받아들며 물었다.

"태사대감을 뵀느냐?"

"소인은 밤중에 도착하여 하룻밤 묵고 다음날 곧장 되돌아왔기 때문에 태사어른을 뵙지 못하였습니다."

채구가 답장을 뜯어보았다.

'반역의 시를 지은 송강은 황제께서 직접 심문할 것이니 믿을 만한 사람을 골라 그를 동경으로 압송하라…….'

그리고 답장 끝에는 황문병이란 사람을 황제께 천거하였으니 곧 큰 상을 내릴 것이란 글도 써있었다.

채구는 편지를 읽고 대종에게 은자 스물닷 냥을 내리고 즉시 죄인을 압송할 때 사용하는 수레를 만들라고 지시하고 다음날 아침 송강을 경성으로 압송할 준비를 하였다.

다음날 아침 황문병이 찾아왔다. 채구는 그를 안채로 데리고 들어갔다.

"어제 동경에서 답장이 도착했소. 태사께서는 송강을 동경으로 압송하라고 하셨고, 통판에게는 곧 좋을 소식이 올 것이오."

채구는 하인을 시켜 답장을 가져오게 한 다음 황문병에게 건네주었다.

"이것은 상공의 가신(자기 집에서 보내온 편지나 소식)인데 소인이 어찌 보겠습니까?"

"통판과 나는 마음을 놓고 믿을 수 있는 사이거늘 어찌 그리 예의를 차리시오?"

그리하여 황문병은 편지를 받아 처음부터 끝까지 자세히 살펴보고 고개를 저으며 말하였다.

"상공, 소인을 말이 많은 사람이라고 언짢아하지 마십시오. 그 편지는

결코 진짜가 아닙니다!"

채구는 의아해하며 말하였다.

"이것은 내 아버님의 친필 필적이요. 어찌 가짜일 수 있겠소?"

"상공, 전에도 부자분 사이에 오가는 편지에 이런 도장을 사용하셨습
니까?"

채구가 잠시 생각하더니 말하였다.

"전에는 도장을 찍지 않으셨소. 하지만 이번에는 도장이 옆에 있어 그
냥 습관적으로 찍으신 것을 게요!"

"상공, 소인이 의심이 많아서가 아니라 요즘 세상에는

'소, 황, 미, 채' 사 대가의 서체를 모방할 수 있는 사람이 아주 많다고 들었습니다. 그리고 도장에는 '한림채경'이라 찍혀 있는데 상공의 아버님께서는 이미 태사에 오르셨는데 어찌하여 한림 시절의 도장을 쓰시겠습니까? 하물며 아들에게 쓰는 편지에 자신의 이름이 들어간 도장을 쓰시겠습니다? 태사께서는 넓은 식견과 높은 학문을 갖추신 분이신데 이런 실수를 하시겠습니까? 상공께서 정 믿지 못하시겠다면 심부름을 보낸 자를 불러 태사부의 이모저모를 물어보십시오. 만약 그가 틀린 답을 한다면 이 편지가 가짜라는 증거입니다."

"그야 어렵지 않소. 내가 심부름을 보낸 대종이란 자는 여태껏 동경에 한 번도 가본 적이 없으니 물어보면 진짜인지 가짜인지 알 수 있을 것이오."

채구는 즉시 대종을 불러들였다. 황문병은 병풍 뒤에 숨어 대종의 대답을 듣고 있었다.

대종은 친구들과 술을 마시고 있던 중 영을 받고 황급히 관아로 달려갔다.

"전날 내가 좀 바빠서 네게 자세히 묻지 못하였다. 네가 태사부에 도착하여 어느 문으로 들어갔느냐?"

"제가 동경에 이르렀을 때는 이미 날이 저물어 어떤 문으로 들어갔는지는 잘 살펴보지 못하였습니다."

"그럼 우리집에 갔을 때 누가 너를 맞아들였느냐? 그리고 편지는 누구
에게 전하였느냐?"

"편지와 선물을 문지기에게 전하고 저는 객점으로 가서 잤습니다. 그
리고 다음 날 답장을 받아서 급히 돌아왔습니다."

"그 문지기는 어떻게 생겼고 나이는 얼마쯤 되어 보이더냐?"

"대략 중키에 수염이 있는 것 같았는데 자세히 보지 못하였습니다."

채구는 대종의 말이 떨어지기가 무섭게 소리쳤다.

"여봐라! 저 놈을 당장 묶어라!"

양쪽에 있던 옥졸들이 달려와 대종을 무릎꿇게 하였다.

"소인은 아무 죄가 없습니다!"

"이 죽일 놈아! 우리집 문지기는 나이가 젊고 수염 같은 것은 없느니
라! 또한 문지기는 안으로 들어갈 수가 없고, 답장은 빨라야 사흘을 기다
려야 하거늘 네 놈이 나를 속이려 드는 게냐? 사실대로 말해라, 이 편지
는 어디서 났느냐?"

대종은 죽어도 사실을 말하지 않았고 끝까지 날이 어두워 자세히 보지
못했다고 말하였다. 채구는 크게 노하여 대종을 묶고 매를 쳤다. 대종은
끝내 매를 이기지 못하고 사실을 말하였다.

"이 편지는 가짜가 맞습니다. 하지만 소인도 어쩔 수 없었습니다. 소인
이 양산박을 지나가는데 도적떼가 나타나 물건을 빼앗고 몸을 뒤져 편지

도 가져갔습니다. 그러더니 저를 놓아주며 저 가짜 편지를 지부께 전하
라고 하였습니다."

채구는 그의 말을 믿지 않고 더욱 심한 형벌을 가하였다. 그러나 대종
은 끝까지 양산박의 계략을 말하지 않고 초지일관 도적떼에게 끌려갔다
고 말하였다. 채구는 잠시 그를 옥에 가두기로 하였다.

황문병이 병풍   뒤에서 나오며 말하였다.

“제가 보기에 저놈은 양산박의 도적들과 내통하여 어떠한 계략을 꾸미고 있는 것 같습니다. 만약 저놈을 일찍 죽이지 않으면 반드시 후환이 따를 것입니다!”

채구가 고개를 끄덕이며 말하였다.

“통판의 말이 맞소. 며칠 내로 두 놈의 목을 베야겠소.”

처형이 있던 날 송강과 대종은 장휴반(長休飯)과 영별주(永別酒)를 먹은 후 십여 명의 옥졸에게 이끌려 감옥을 나섰다. 그들이 밖으로 나오자 군졸들이 경계하며 형장으로 호송하였다.

강주성의 백성들은 어른 아이 할 것 없이 모두 나와 거리를 메웠고, 그 수가 이천 명이 훨씬 넘는 듯 하였다.

두 사람이 군졸들에게 끌려 시 중심에 있는 사거리에 도착하자 망나니가 그들을 꿇어앉히고 목을 베기로 한 오시 삼각이 되기만을 기다렸다. 채구지부가 직접 감찬관을 맡아 찾아왔다.

그때 형장 동쪽이 술렁거렸다. 거지들이 구경하겠다고 밀고 든 것이었다. 병사들이 아무리 쫓아도 가지 않고 더욱 더 안으로 밀고 들어왔다. 그런데 이번에는 고약 장수들이 형장의 서쪽을 비

장휴반과 영별주는 사형수들이 처형되기 전에 먹는 최후의 만찬을 말합니다.

274

집고 들어오는 것이었다. 채구는 그것을 보고 소리쳤다.

"빨리 저놈들을 형장 밖으로 내쫓아라!"

그의 말이 미쳐 끝나기도 전에 이번에는 형장의 남쪽에서 짐꾼들이 밀고 들어왔다. 그러자 군졸들이 소리쳤다.

"이곳은 형장이니 다른 길로 가시오!"

"우리는 상공어른께 물건을 전하러 왔으니 길을 막지 마시오!"

그러나 군졸들이 여전히 길을 비켜주지 않자 그들은 할 수 없이 옆에 서서 구경하였다. 이때 상인 차림을 한 무리들이 두 대의 수레를 끌고 형장 북쪽에 도착하였으나 마찬가지로 군졸들에게 막혀 구경꾼들 틈에 서서 형장을 바라보았다. 잠시 후 형장 가운데로 걸어나온 보시관(報時官)이 채구지부에게 고하였다.

"오시 삼각이옵니다!"

그러자 채구지부가 소리쳤다.

"죄수들의 목을 쳐라!"

양쪽에 서있던 망나니들은 송강과 대종의 목에 채운 칼을 벗기고 형을 집행할 준비를 하였다.

그런데 바로 그때였다. 형장 북쪽에 있던 상인 중 한 사람이 징을 꺼내어 두 번 쳤다. 그러자 사방에서 거지떼와 짐꾼, 약장수들이 손에 칼과 봉을 들고 형장 안으로 밀고 들어왔다.

그와 때를 같이 해 사거리에 있는 찻집 누각에서 장대한 기골의 한 사내가 웃옷을 벗은 채 양손에 도끼를 들고 고함을 지르며 뛰어내렸다.

그는 도끼를 휘둘러 두 망나니를 치고는 곧장 채구지부를 향해 달려들었다. 옆에 있던 호위병들은 막아보려 했으나 겨우 채구만 구해 내뺄 뿐이었다.

사방에서 형장으로 들어가려던 사람들은 바로 송강과 대종을 구하러 달려온 양산박의 두령들이었던 것이다.

곧이어 여방과 곽성이 형장 안으로 달려들어와 송강과 대종을 구해 형장 밖으로 데리고 갔다. 나머지 열 다섯 명의 두령들은 백여 명의 졸개들을 이끌고 형장 안으로 몰려 들어오며 닥치는 대로 찌르고 베었다.

조개는 여러 두령들을 지휘하여 관군들을 모두 쫓았다. 그러나 그 시커먼 사내는 여전히 아무에게나 도끼를 휘두르고 있었다. 조개는 그를 보며 잠시 생각하였다.

이규는 성격이 거칠고 덤벙대는 사람이라 매사 깊이 생각하지 않고 행동하였습니다. 이번에 형장을 습격한 일도 그렇습니다. 그는 송강을 구하고 싶은 마음에 무고한 백성인지 아닌지 생각지도 않고 도끼를 마구 휘둘러서 많은 사람들을 죽였습니다. 그것은 잘못된 행동이었고, 우리는 반드시 행동하기 전에 세 번을 심사숙고한 다음 행동하여야 할 것입니다.

酒

'전에 대종에게서 흑선풍 이규라는 사람이 가장 송강을 존경하고 따른 다는 말을 들은 적이 있는데 그럼 저 시커먼 사내가 바로 이규란 말인가?'

조개가 시커먼 사내에게 소리쳤다.

"자네가 바로 흑선풍인가? 백성과는 아무런 관계가 없는 일이니 무고한 살생은 하지 말게!"

사내는 정신없이 도끼를 휘두르고 있던 중인지라 그의 말이 귀에 들릴 턱이 없었다.

양산박의 두령들은 끊임없이 몰려드는 관군들과 싸우며 성을 빠져나가 강을 따라 한참을 올라갔으나 보이는 것은 잔잔한 파도가 이는 큰 강 밖에 없었다. 조개는 빠져나갈 길이 보이지 않자 몹시 당혹스러워하였다. 그때 시커먼 사내가 소리쳤다.

"형님을 묘 안으로 모시십시오!"

두령들은 그의 말을 듣고서야 강가에 작은 묘가 하나 있는 것을 발견하였다. 묘 앞에는 백룡신묘(白龍神廟)라는 글자가 새겨져 있었다. 졸개들은 송강과 대종을 업고 묘 안으로 들어갔다. 송강은 힘겹게 눈을 뜨고 조개 등 여러 두령들을 둘러보며 울먹였다.

"형님을 이렇게 만나 뵙는 것이 정녕 꿈은 아니겠죠?"

"양산박에 오지 않으니 오늘과 같은 이런 일도 생긴 게 아닌가. 이 사람은 누구인가? 이번 형장을 습격한 일에 제일 큰 공을 세웠네."

"이 사람은 흑선풍 이규입니다. 제가 감옥에 있을 때도 저를 많이 돌봐 주었죠."

그러자 이규가 다가와 조개에게 넙죽 절하며 말하였다.

"형님, 소인이 너무 거칠다고 언짢아하지 마십시오."

그는 다른 두령들과도 인사를 나누었다. 화영이 말하였다.

"이형을 따라 이곳까지 오기는 했지만 배가 없어서 강을 건널 수 없으니 만약 관군들이 뒤쫓아온다면 어찌해야 하겠습니까?"

완소칠이 말하였다.

"맞은편에 배가 몇 척 있으니 저희 형제가 가서 가져오겠습니다."

완씨 형제는 즉시 옷을 벗고 강물로 뛰어들었다. 그런데 그들이 반쯤 건너가고 있을 때 상류에서 배 세 척이 오는 것이 보였다. 이에 강가에 있는 사람들은 매우 놀랐다. 그러나 배가 가까이 오자 송강은 배 위에 있는 사람이 다름 아닌 장순이라는 것을 알고 매우 기뻐하며 손짓하였다.

송강은 장순 등을 양산박의 호걸들에게 소개하였다. 그리하여 장순 등 아홉 명의 호걸과 조개 등 열일곱 명의 두령에 송강, 대종과 이규까지 모두 스물아홉 명의 영웅들이 함께 백룡묘 안에 모여 앉았다. 이것이 바로 유명한 '백룡묘의 만남'이다.

호걸들이 서로 인사를 나누고 있을 때 갑자기 한 졸개가 황급히 달려와 고하였다.

"강주성에는 북과 징소리가 요란하고 군사들이 대거 출동하여 지금 백룡묘로 오고 있다고 합니다."

조개는 졸개의 보고를 받고 그곳에 모인 사람들에게 말하였다.

"일단 칼을 뽑았으면 절대 포기는 없소. 우선 강주성 관군들을 물리친 다음 양산박으로 돌아갑시다!"

조개의 말을 듣고 이규가 제일 먼저 쌍도끼를 들고 밖으로 뛰쳐나갔다. 그의 뒤를 따라 여러 호걸들이 백룡묘 밖으로 나가 적과 맞섰다.

강주성의 관군들은 대략 육칠천 명이 넘었다. 호걸들은 그들의 기세에도 흔들림이 없이 함께 앞으로 돌진하였다. 싸움터는 관군들의 시체로 덮이고 강물은 피로 붉게 물들었다. 호걸들은 그 여세를 몰아 강주성 성문 앞까지 공격해 들어갔다. 관군들은 성안으로 들어가 성문을 굳게 걸어 잠그고 며칠이 지나도록 나오지 않았다.

호걸들은 큰 승리를 거두고 다시 백룡묘 앞으로 모여 세 척의 배에 나

누어 타고 우선 목태공의 집으로 가서 잠시 휴식을 취하였다.

송강은 여러 사람들에게 감사의 말을 하였다.

"여러분들이 저의 목숨을 구해주신 은혜는 이 송강이 평생토록 잊지 않을 것입니다. 그러나 황문병 그놈은 갖은 소리로 지부를 충동질하여 나와 대원장을 죽이려 했으니 그 원수를 갚지 않고 돌아갈 수는 없을 것 같습니다. 부디 여러 호걸들께서 저를 다시 한 번 도와 뼛속 깊이 사무친 원한을 풀어주기 바랍니다."

조개가 말하였다.

"지금쯤이면 관군들이 방비를 하고 있을 것이네. 그러니 우선 황문병이 어디에 있는지 알아본 연후에 원수를 갚도록 하세."

그러자 설영이 나섰다.

"제게 성은 후(侯)이고 이름은 건(建)인 제자가 한 명 있는데 살결이 검고 호리호리하지만 날렵해서 사람들은 그를 통비원(通臂猿)이라 부릅니다. 그는 바느질 솜씨가 뛰어나서 최근 황문병의 집에서 일을 하고 있다고 들었습니다. 그가 황가 놈에 대해 잘 알 터이니 그를 이리로 데려오는 것이 좋을 것 같습니다.”

설영은 즉시 무위군으로 가서 후건을 데리고 왔다. 그들이 후건의 안내를 받으며 무위군으로 가려고 할 때 송강이 말하였다.

“그곳에 도착하면 반드시 간악한 황문병만 죽여야 하오. 절대 무고한 백성들은 해치지 마시오!”

그날 밤 여러 호걸들은 후건을 따라 무위군의 북쪽 성문을 넘어 성안으로 들어가서 황문병의 집 앞에 도착하였다. 그들은 먼저 미리 준비한 풀단에 불을 붙였다. 잠시 후 집안에 있던 사람들은 담 넘어 불길이 이는 것을 보고 놀라 대문을 열고 밖으로 나왔다. 조개와 송강 등은 기다렸다는 듯이 고함을 지르며 안으로 뛰어들어갔으나 황문병은 보이지 않았다.

이때 황문병은 마침 지부와 함께 송강과 대종에 관한 일을 상의하고 있었다. 그는 자신의 집에 불이 났다는 말을 듣고 허둥대며 집으로 돌아왔다. 그는 집 안으로 들어오자마자 장순과 이준에게 붙잡혔고, 바닥에 엎드려 살려달라고 애원하였다. 그러자 송강이 말하였다.

“내가 너와 일찍이 원수 진 일이 없고 다툰 일도 없는데 왜 나를 해치려 하였느냐? 명색이 글을 읽은 자가 그렇게 독할 수가 있느냐? 권세에

빌붙어 백성을 괴롭혔으니 죽어 마땅하다.”

송강은 잠시 좌우를 돌아보며 차갑게 말하였다.

“어느 형제가 나를 대신해 저놈을 죽이겠소?”

그러자 이규가 나서서 자신의 도끼로 황문병을 죽였다.

양산박의 호걸들은 황문병이 죽자 송강에게 몰려가 시원한 한풀이를 경하했다.

그러자 송강이 갑자기 그들 앞에 무릎을 꿇고 앉아 말하였다.

“소인 송강은 지금껏 천하의 영웅 호걸들과 사귀려하였지만 그들을 접대할 힘이 없었습니다. 제가 강주로 귀양 온 뒤로 여러분은 위험을 무릅쓰고 저의 목숨을 구해 주셨고, 원수까지 갚게 해주셨습니다. 이제 저도 양산박으로 들어가 천왕 형님과 뜻을 함께 할 때가 된 것 같습니다. 저를 받아 주실런지요. 만약 저를 원하지 않는 분이 있다면 그 뜻을 따르겠으나 조정에서…….”

송강의 말이 끝나기도 전에 이규가 불쑥 앞으로 나서며 소리쳤다.

“모두 갑시다! 양산박으로 가지 않겠다는 사람이 있다면 먼저 내 이 도끼 맛을 봐야 할 것입니다!”

그리하여 조개는 우선 주귀를 산채로 보내 일의 경과를 알리게 하고 나머지는 다섯 패로 나누어 이십 리 간격으로 길을 떠났다. 대규모의 무리들이 속속 양산박으로 돌아왔다.